Yiftach Ashkenazy

Mein erster Krieg

Yiftach Ashkenazy

Mein erster Krieg

Erzählungen

Aus dem Hebräischen von
Barbara Linner

Sammlung Luchterhand

Die Originalausgabe erschien 2003 unter dem Titel
Sipurei mot iri bei OV-Z.A.P., Tel Aviv.

1. Auflage
Deutsche Erstausgabe

Satz: Greiner & Reichel, Köln
Druck und Einband: CPI – Clausen & Bosse, Leck
Printed in Germany
ISBN 978-3-630-62106-7

www.luchterhand-literaturverlag.de

Zum Gedenken an meinen Vater

Schlaf, mein Sohn, schlafe ruhig,
wein nicht so bitterlich,
deine Mutter sitzt dir zur Seite,
hütet vor allem Übel dich.

Es heult der Schakal da draußen,
und ein Wind bläst dort vorbei …
doch du, mein kleiner Sohn,
schlummre nur ruhig und schlaf.

Nacht, Nacht, eine Schattennacht
wird so schrecklich schnell verwehen,
du darfst nicht, darfst nie müßig sein,
morgen müssen wir an die Arbeit gehen.

Morgen macht sich der Vater zum Pflügen auf,
in der Furche, in der Furche wird der Vater ziehen,
schau, du wirst groß, hebst den Kopf,
und ihr werdet zusammen ins Feld ausziehen.

Schau, du wirst wachsen und du wirst groß
im Lande Israel
dem Alter und der Mühsal entgegen,
ein Arbeiter wie dein Vater wirst du.

Dann wirst du unter Tränen säen
und wirst mit Freude ernten –
doch jetzt hör deiner Mutter zu:
schlummre, schlummre in Ruh.

Nacht, Nacht, eine kalte Nacht,
ein Fuchs knirscht mit dem Zahn.
Kreise, kreise auf der Wacht,
dein Vater schläft nicht des Nachts.

Am Tag arbeitet er, in der Nacht hält er Wacht,
dort in der Tenne wird der Vater stehen.
Schau, du wirst groß, du wirst ein Held,
und ihr werdet zusammen auf Wache gehen.

Schlaf, mein Sohn, fürchte dich nicht,
das ganze Dorf ist wach,
auch deine Mutter hält die Wacht,
behütet Avner, ihren Sohn.

Es brennt die Tenne in Tel-Josef,
auch aus Beit-Alfa steigt Rauch …
aber du, so weine doch nicht mehr,
schlummre nur ruhig und schlaf.

Nacht, Nacht, eine Feuernacht
wird Heu und Spreu verzehren,
du darfst nicht, darfst nie verzagen,
morgen beginnen wir neu.

Morgen muss man den Grundstein legen,
für seinen Sohn baut der Vater ein Haus,
schau, du wirst groß, hebst die Hand,
dann zieht ihr zusammen zum Bauen aus.

Altes hebräisches Wiegenlied

Inhaltsverzeichnis

Bett Nummer sechs

»Schlaf, mein Sohn, schlafe ruhig,
wein nicht so bitterlich«

Jetzt ist Nacht, Nacht in der Intensivstation im Haifaer Rambam-Krankenhaus, die Tauben sind ruhig. Im Warteraum, der den Familien der sterbenden Patienten vorbehalten ist, schlafen erschöpft, Rücken an Rücken, Seite an Seite, zwei Familien. Die Familie Bakri aus dem arabischen Dorf Ba'ane im Galil, und daneben die fromme und heilige Familie unseres Rabbiners, Rabbi Eleazar Deutsch. Die ganze Zeit anwesend sind natürlich nur die männlichen Talmudstudenten vom Hof des Rabbiners, die sich darauf versteift haben, über ihren alten Großvater zu wachen (in den Augen des ganzen Rabbinerhofs ist er der Großvater, sie nennen ihn auch Großväterchen), der vor ungefähr einer Woche auf sein Krankenlager fiel. Anfangs dachten alle, es handle sich um eine Grippe, erschwert durch das Alter. Alle waren sicher, dass der Rabbi im Nu zu voller Aktivität zurückkehren würde so wie jedes Jahr im Winter, nachdem er erkrankt war. Erst nach drei Tagen, während denen der Rabbiner vor Fieber glühte und streckenweise ohnmächtig wurde, brachten sie ihn ins Krankenhaus, wo er sofort, bewusstlos, in die Intensivstation im zweiten Stock eingeliefert wurde. Von allen Frauen des Haushalts, seinen Töchtern, Schwiegertöchtern und dem Rest seiner weiblichen Schutzbefohlenen, wurde nur seiner frommen Ehefrau gestattet, ihn zu besuchen, die schwere Eisentür zu durchschreiten, die sich mit einem mächtigen Knall schloss. Ihr wurde erlaubt, ihn zu unterstützen. Die Ärzte dachten, der Rabbiner würde vielleicht die Stimme seiner Frau erkennen, die ihn schon seit fünfzig Jahren auf den gewundenen Pfaden des Lebens begleitete, seit dem großen Krieg, und dass er aufwachen würde. Denn Wunder passieren schließlich, und der Rabbiner hatte doch Fürsprecher vor dem Herrn, gesegnet sei er, war eine große rabbinische Autorität und ein anständiger Mann. Sein ganzer Hof verehrte ihn, und sein Name war in allen Gemeinden bekannt. Von weit her kam man, um ihn um Rat zu fragen, manchmal kamen sie selbst aus Jerusalem und Tel Aviv. Der Rabbiner hatte nie gesündigt, nicht ein winziges bisschen. Einmal, vor einem Jahr, stiftete er einen Hausfrieden zwischen einem jüdischen, halbreligiösen Paar aus Jerusalem. Sie waren so beeindruckt von der Weisheit des Rabbiners, dass sie unserer Synagoge ein neues, verziertes Thoraexemplar zum Geschenk machten. Unser ganzer Hof war stolz auf unseren Rabbi. Und als er erkrankte, beteten daher alle getreulich, um seine gesegnete Seele zu retten.

Rachamim, der älteste Sohn des achtzigjährigen Rabbiners, der bei weitem kein Jüngling mehr war, mit den dunkelblauen Augen seiner Mutter, diente als Führer der Besuchergemeinde, die zum Rabbiner kam, um dem Gebot des Krankenbesuchs nachzukommen. Er kündigte die normale Gebetszeit an und sorgte auch dafür, dass die Talmudstudenten noch extra für die Rettung des Rabbiners beteten. Ebenso wachte er darüber, dass keiner der Studenten sündigte und versehentlich einen Blick in die Fernsehapparate warf oder sich von einer unziemlichen

Frau verführen ließ. Die Gojim sahen fast den ganzen Tag fern im Wartezimmer. Alle wussten, dass es keinen gab, der gelehrter war als Rachamim. So wie sein Vater war er ein vollkommener Gerechter und hätte selbst eine anerkannte rabbinische Autorität werden können, wenn er sich nicht aus einem geheimnisvollen Grund nur zwei Monate nach der ordentlichen Trauung von seiner Frau Sara hätte scheiden lassen. Rachamim war auch derjenige, der den Besuchern die Zeit am Lager seines Vaters zuteilte (die Besuchsstunden drinnen waren gezählt und die Anzahl der Besucher immens). Wie einst Noah, so dirigierte er sie paarweise, hauptsächlich ihrem Grad der Nähe und ihrer Stellung nach. Nur drei Stunden pro Tag hatten ihnen die Ärzte zugemessen. Er ignorierte jene Talmudstudenten, die ohne jedes Schuldbewusstsein um fünf Minuten mehr bettelten. Rachamim war neben seiner Mutter der Einzige in der Familie, der keine Brille trug. Er war stets stolz auf sein scharfes Sehvermögen gewesen und empfahl seinen Schülern, viele Karotten zu essen.

Rachamim besuchte seinen Vater immer als Erster, zusammen mit seiner Mutter, die erst dreiundsiebzig war und noch Kraft im Leib hatte. Jeden Tag kochte sie in ihrer Küche für die Armenspeisung der Gemeinde. Man sagte von ihr, dass es keine gerechtere und aufrechtere Frau in der ganzen Gemeinde gebe. Sie hielt strengstens alle religiösen Pflichten ein, die leichten wie die schwierigen. Ihr hebräischer Name war Ruth. Der greise Rabbiner hatte ihr diesen Namen gegeben, als er sie damals nach dem großen Krieg in den verschneiten Wäldern gefunden hatte. Sie heirateten nach jüdischem Gesetz und Brauch im Auffanglager derer, denen die Immigration nach Israel verweigert wurde, in Zypern, zwei Monate nachdem sie sich kennengelernt hatten. Eleazar, der schon damals, noch von seinem Geburtsstädtchen her, als Wunder der Gelehrsamkeit bekannt war, wurde am Tag seiner Verehelichung große Ehre seitens der übrigen Flüchtlinge erwiesen. Obwohl die meisten ihren Gott dort zusammen mit ihren Familien verloren hatten.

Wenn Rachamim und seine Mutter herauskamen, die Papiermützen vom Schädel nahmen, die grünen Schürzen auszogen, die zu tragen ihnen aus Gründen der Sterilität befohlen worden war, und die Schutzkleidung an Jirachmiel und Schaul, seine jüngeren Brüder, weitergaben, hörte Rachamim in seinem Kopf immer noch das Pfeifen der Apparate, die mit dem Funktionieren der lebenswichtigen Systeme seines Vaters betraut waren. Wenn er die Lider schloss, sah er seinen Vater hilflos in dem weiß gestrichenen Bett liegen, Schläuche mit jeder freien Parzelle am Körper verbunden. Er sah die Zunge seines Vaters an die Wange gebunden, damit er nicht daran erstickte. Er hörte auch seine Mutter auf Deutsch weinen, während die Tränen von ihrem Gesicht in den weißen Bart des Rabbiners rannen. Nach dem Abendbesuch ging Rachamims Mutter, mit Hilfe eines Gehstocks, den sie von der Gemeinde erhalten hatte, um ein Abendessen für den Besucherstrom zu arrangieren, und Rachamim blieb zur Beaufsichtigung da. Im Laufe der Woche, in der vor den Eisentüren der Intensivstation ein dichtes Gedränge herrschte, verließ Rachamim die Anhänger des Rabbis nur ein einziges Mal, um sich zu duschen. Als er zurückkehrte, brachte er eine besondere Tasse zum Händewaschen mit.

Es gab noch andere Familien, deren Liebste zur gleichen Zeit in der Intensivstation lagen, doch sie waren weniger treu ergeben als die Familie des Rabbiners und die Familie Bakri. Normalerweise trafen sie nur zu den Besuchszeiten ein. Die Familie Bakri und die Anhänger des Rabbiners beherrschten das Wartezimmer, sie rückten die Eisenbänke mit den rosa Polstern zu einem Haufen auf einer Seite des Raums zusammen und breiteten modrige Matratzen auf dem ganzen Boden aus. Ungefähr ein- oder zweimal am Tag brach ein Streit zwischen den Familien aus, den es Rachamim in seiner Weisheit immer zu schlichten gelang, zusammen mit Karim, dem ältesten Sohn der Gojim. Karim und Rachamim fanden durchaus eine gemeinsame Sprache. Manchmal des Nachts, wenn sich der Aufruhr gelegt hatte und ihre restliche Verwandtschaft schlief, saßen sie im öffentlichen Eingangsbereich auf einer Steinbank, rauchten und redeten. Karims kleine Tochter lag auf der Intensivstation. Der Lieferwagen seines Bruders war ins Rollen geraten und hatte sie überfahren. Sie würde sterben, wenn sich nicht eine neue Lunge für sie fände.

Und am dritten Tag ihres Aufenthalts traf ein verwundeter Soldat ein, sie hörten den Hubschrauber landen. Der Hut von Schaul, Rachamims jüngerem Bruder, der hinausgegangen war, um am Meer frische Luft zu schnappen, wurde vom Wind der Hubschrauberpropeller über die Mole hinausgeweht. Rachamim schien es schwer fassbar, dass der kleine Schaul schon ein großer Junge, verheiratet und Vater war. Schaul hatte ein überwältigendes Gedächtnis, was ihn ebenfalls zu einem Wunder an Gelehrsamkeit machte. Manchmal rief ihn der Rabbi, um sich eines bestimmten

Lehrsatzes zu vergewissern, den er vergessen hatte. Bevor Rabbi Eleazar aufs Krankenbett fiel, hatte ihm Schaul noch bei der Korrektur von Geboten für das Schabbatjahr geholfen, das genau vor drei Monden begonnen hatte. Sie mussten die Gebote ein klein wenig erleichtern, denn die Gemeinde war dieses Jahr noch ärmer als gewöhnlich, und die Vorschriften des Schabbatjahrs lasteten schwer auf ihnen. Der Rabbiner fürchtete, sie würden sie sonst übertreten. Am Mittag lag der Soldat nach einer komplizierten Operation bereits in der Intensivstation. Er war über sechzig Jahre jünger als Rabbi Eleazar, doch war er genau mit den gleichen pfeifenden Maschinen verbunden. Als der Soldat auf die Station verlegt wurde, waren Rachamim und alle Talmudstudenten gerade beim Frühmorgengebet und versperrten den schmalen, rosa gefliesten Durchgang, geblendet vom Sonnenlicht, das durch die Fenster brach, verstört vom Hupen der Autos auf der Straße unten. Der Pfleger schubste die Bahre gewaltsam voran, um die inbrünstig Versunkenen zur Seite zu drängen, trat ihnen auf die Zehen, ohne sich zu entschuldigen. Der Soldat lag nackt unter den Decken, man war noch nicht dazu gekommen, ihn von Blut und Dreck zu säubern. Sie hätten im Warteraum gebetet, wenn die Familie Bakri dort nicht lärmend ihr Frühstück verzehrt hätte. Rachamim hasste es, im Durchgang zu beten, das war keine Art, Gott um die Rettung seines Vaters und Erzeugers anzurufen. Der Pfleger, ein unrasierter Zwerg, trampelte auch auf Rachamims Fuß, der ihn zuerst schlagen wollte, sich jedoch rasch besann. Er war keine gewalttätige Kreatur. Die Eltern des Soldaten trafen zwei Stunden nach ihm ein, versuchten erfolglos, das Ärzteteam zum Sprechen zu bewegen, blickten misstrauisch auf die übrigen Anwesenden im Warteraum. Ihr Sohn war jünger als Schaul, und er lag im Sterben, Rachamim verstand, weshalb sie beunruhigt waren. Rachamim war unfruchtbar. Das war das einzige Geheimnis, das er vor seiner Familie gehütet hatte. Rachamim würde nie Söhne haben.

Die Familie des Soldaten kehrte in Begleitung von Freunden des Sohnes gegen Abend zurück. Sie saßen auf dem Boden im Gang, abgesondert von allen, nur der Großvater saß auf einem gepolsterten Stuhl, den die Freunde des verwundeten Soldaten flink aus dem Wartezimmer entwendet hatten, die Anweisungen der Krankenhausleitung ignorierend. Alle Freunde des Sohnes waren Soldaten. Rachamim war immer beeindruckt von Soldaten, in seinen Augen waren sie furchtbar kompetent. Ein junges Mädchen, ohne Uniform, hielt sich dicht an die Eltern und weinte. Sie war gewiss die Partnerin des Soldaten, denn sie sah den Eltern überhaupt nicht ähnlich. Ein Paar, Freunde der Eltern, war auch dort, die ältere Frau, rauchend und zerknittert, verströmte einen stark verführerischen Parfümduft. Im Gang hing der Geruch nach Schweiß und Kaffee. Ihr Mann stürzte sich auf den Vater des Soldaten und stellte ihm umgehend eine Reihe aggressiver Fragen. Offensichtlich aufgebracht schrie er: »Wie ist das möglich, dass ihr noch keinen Arzt gesehen habt?« Dann stellte er sich dicht an die Eisentüren, hämmerte wütend, trat mit Gewalt dagegen, drückte auf den Sprechknopf, brüllte hinein. Rachamim fürchtete, dass er in seiner Wut das Gerät vielleicht herausreißen oder die Türen oder sich selbst schädigen könnte. Als jemand vom Pflegepersonal hineinging, gab ihm der Mann einen Stoß und brach in die Station durch. Die Türen knallten über der Hand des Angestellten zusammen, der frontal zu Boden stürzte. Die Talmudstudenten rannten Rachamim hinterher, um dem Mann aufzuhelfen, der auf Arabisch fluchte. Als der Eindringling mit einem kahlköpfigen Arzt mit kaltem, überheblichem Blick zurückkehrte, verharrte er immer noch wie mitleidheischend auf dem Boden und hielt sich die geschwollene Hand. Der Arzt schälte die nächsten Angehörigen des Soldaten vom Boden und nahm sie beiseite. Rachamim hörte nicht, was er sagte, er hörte nur, dass seine Stimme ruhig und überlegt klang. Nachdem der Arzt geendet hatte und in die Station zurückgekehrt war, pfeifend, ohne den Rest der Wartenden auch nur anzublicken, umarmte die Familie des Soldaten einander weinend. Nur der Großvater, der ungefähr im gleichen Alter war wie Rabbi Eleazar, war nicht dabei, während sie mit dem Arzt sprachen. Es schien, als ignorierten sie ihn. Er wirkte ruhig, schlief fast auf seinem Stuhl. Noch eine Stunde bis zur Abendbesuchszeit. Der Großvater schreckte plötzlich auf und rannte hinkend zur Toilette, und keiner von der Familie erhob sich, um ihm behilflich zu sein. Einer der Talmudstudenten gewahrte den Greis und versuchte ihm zu helfen, wenigstens auf den Beinen zu bleiben. Der Alte stieß die ausgestreckte Hand wütend weg. Rachamim, der in der Nähe stand und gerade zum Rauchen hinausgehen wollte, sah die verblichene Nummer auf dem Arm des Großvaters. Er rief den Jungen zu sich, Froike hieß er, beruhigte ihn und trug ihm auf, Psalmen zur Rettung ihres Rabbiners zu rezitieren. Die Familie Bakri überließ ihnen in einem Anfall von Großmut den Raum, und Rachamim nahm an, dass sie das hauptsächlich taten, weil die vielen Soldaten sie erschreckt hatten. Er ging zum Meer hinunter, um sich zu beruhigen. Als sie kleine Kinder waren, hatte Eleazar sie immer an den »Stillen Strand« mitgenommen (der einzige Strandabschnitt in Haifa, wo eine strikte Trennung zwischen Frauen und Männern eingehalten wurde) und sie schwimmen gelehrt an den Tagen, an denen das Meer friedlich war. Eleazar setzte sie auf den heißen Sand und schärfte ihnen ein, so wie er es im Lehrhaus beim Talmudunterricht tat, dass der Mensch verpflichtet sei, schwimmen zu können – er selbst war dem sicheren Tod nur deswegen entronnen, weil er schwimmen und tauchen konnte. Sein Städtchen war am Ufer eines Flusses gelegen. Rachamim erinnerte sich, wie das Krankenhaus vom Strand aus für ihn als Kind ausgesehen hatte. Das Bild der rauchenden Desinfektionsschlote würde für immer und ewig in seinem Gedächtnis eingraviert bleiben. Sein Vater hatte ihn in der Abenddämmerung mit der gleichen Vornehmheit und Gabe der Geduld schwimmen gelehrt, mit der er ihnen allen die Lehre Israels beibrachte. Rachamim liebte seinen Vater. Er hatte die Weisheit, im Herzen eines Menschen zu lesen. Daher schätzte er die Menschen stets richtig ein und urteilte mit Verständnis. Eleazar, der ihnen nie viel darüber erzählt hatte, was ihm in jenem Krieg widerfahren war, sagte am Vorabend von Rachamims Hochzeit mit Kummer zu ihm, dass er die Hölle nur überlebt habe, weil er die Seele des Menschen verstand und wusste, auf wen man vertrauen konnte, außer auf den Herrn natürlich. Mehr erzählte er nicht.

Rachamim betete allein vor dem Meer, bemüht, sich zu beeilen, um die Besuchsstunde nicht zu versäumen. Er rannte, keuchend wegen des Rauchens, die Treppe hinauf und traf gerade noch fünf Minuten vor Beginn der Besuchszeit ein. Der Gang war überfüllt, voller Araber, unseren Talmudstudenten und den hochmütigen Angehörigen des Soldaten. Alle waren durcheinandergewürfelt, drängten sich an den Eisentüren. Zwei Talmudstudenten, die bis dicht an die Türen gelangt waren, versuchten, ihre Gesichter daran zu pressen, um durch das trübe Plastikfensterchen zu erspähen, wann das Ärzteteam auftauchen und die Tore öffnen würde. Zwei nicht mehr junge, unweibliche Schwestern versuchten mit Geschrei, die Menge zu beruhigen, drohten damit, den Abendbesuch zu streichen. Nachdem er sich zu seiner Mutter gesellt und sie nahe an den Eingang gezerrt hatte, wobei er jeden, der ihn behinderte, mit Gewalt beiseitestieß, kletterte Rachamim auf den Stuhl, der für den Großvater des Soldaten bestimmt war. Rot vor Anstrengung und Zorn befahl er den Gelehrtenschülern, sich sofort zurückzuziehen. Es gab einige unter ihnen, die sich seinem nachdrücklichen Appell zunächst widersetzten und sich erst unwillig nach hinten bewegten, nachdem er sie ein zweites Mal angeschrien hatte, wobei schäumender Speichel von seinem Mund sprühte, an seinem schwarzen Bart kleben blieb. Die Enge und das Geschubse mit schweißigen Händen steigerten die Hitze im Korridor. Nach einigem Gebrüll wurde Rachamim auch der anderen Herr und brachte sie ebenfalls dazu, sich von den Eingangstüren zu entfernen. Bei der Familie Bakri gingen nicht die Eltern des Kindes, sondern die Großväter als Erste hinein, selbstgefällig stolzierend, während sie den weißen Schnauzer glätteten.

Drinnen war nur das Pfeifen der Maschinen, das den Raum und die Stille brach. Rachamim und seine Mutter näherten sich dem Bett des Rabbi Eleazar. Rachamim gewahrte, dass der verwundete Soldat nächst seinem Vater gebettet und versorgt worden war. Man hatte ihm bereits das weiße Krankenhausgewand angezogen, und er war schon verbunden und von Blut und Dreck gesäubert. Sein junges Gesicht war violett geschwollen und von Bartstoppeln gerahmt. Wie seinem Vater so hatte man auch dem Soldaten die Zunge mit einer weißen Binde fixiert, in einer Form, die beiden das lächerliche Aussehen von Schwachsinnigen verlieh. Rachamim stellte sich dicht an das Bett seines Vaters, wobei er achtgab, die Plastiksäckchen nicht zu zerdrücken, die mit dem Körper seines Vaters verbunden waren und seinen Urin und seine Fäkalien auffingen. Er bemühte sich, diese Säckchen nicht anzuschauen, wegen des Gebots, die Eltern zu ehren. Das Gesicht des Rabbiners war schlampig rasiert worden, ohne Rücksicht auf seine Religion. Sicher hatte ihn der Pfleger rasiert, der vorher verletzt worden war. Vielleicht aus Rache hatte er ihn mit dem Rasiermesser ebenfalls verletzt. Es war das erste Mal, dass Rachamim das Gesicht seines Vaters ganz sah – ohne seinen Bart ähnelte er einem kranken Kleinkind, albinoartig und hilflos. Rachamim hätte diesen Pfleger gern zu Tode geprügelt, seine Hände schlossen sich zu Fäusten. Er wollte ihn in der Station suchen. Seine Mutter lehnte sich aufgestützt über den Rabbiner, umarmte ihn wie eine Ertrinkende, die nach dem Rettungsring greift. Sie greinte, flüsterte ihm deutsche Worte zu. Auch als Rachamim bei seinen Eltern zu Hause gewohnt hatte, hatte er sie nie so nah zusammen gesehen.

Nach zehn Minuten gingen sie hinaus, um den anderen Zeit zu geben, den Rabbiner aufzusuchen. Wischten sich die Tränen mit den Mantelzipfeln ab, während sie die Überschuhe und die Kittel auszogen, um sie an die jüngeren Brüder weiterzugeben (jeder Familie wurden von dem pedantischen Stationspersonal zwei Kittel zugestanden). In dem Raum, der am Stationseingang für diesen Zweck vorgesehen war, näherte sich ihnen der Großvater des Soldaten und blickte Rachamims Mutter lange an. Es schien, als hoffte er, dass sie ihr Gesicht heben, ihn vielleicht erkennen würde. Sie, die Fromme, fuhr mit dem Ausziehen fort. Ihre Handgelenke waren geschwollen, weshalb es ihr schwerfiel, doch sie lehnte mit bescheidenem Stolz ab, sich von ihrem Sohn helfen zu lassen. Als sie fertig war, nach einer Zeit, die Rachamim wie eine kurze Ewigkeit vorkam, wandte sich der Großvater ihr zu, ignorierte seine nach ihm rufende Familie, brachte sein Gesicht ganz knapp vor das der Rabbinerin, und dann, erst dann begann er, wütend auf Deutsch zu schreien. Rachamim verstand nicht alles, was er sagte, er verstand nur, dass der Alte seine Mutter eine SS-Hündin nannte und sie verfluchte. Der Alte ereiferte sich auch, dass sie es überhaupt wagte, in Israel, dem Staat der Juden, zu leben. Er lief rot an und zitterte am ganzen Leib. Rachamim und seine Brüder waren wie vom Donner gerührt, als der Alte sein Geschrei mit einer ungeheuren Ohrfeige ins Gesicht seiner Mutter krönte, wozu er seine ganze Kraft mobilisierte. Rachamim war sicher, seine geschwächte Mutter würde von dem Schlag zu Boden stürzen oder zumindest weinen. Doch die Rabbinerin blieb stehen wie zuvor, fast wie eine Salzsäule. Der Sohn des alten Mannes und Vater des Soldaten packte seinen rasenden Vater und presste ihn gewaltsam an die gekalkte Wand. Der Alte versuchte erfolglos, sich zu befreien. Der Vater des Soldaten verstand kein Deutsch und wollte diese verfluchte Sprache auch niemals erlernen. Er entschuldigte sich im Namen seines Vaters mit gesenktem Blick und matter Stimme. Als Rachamim seine Mutter hinausführte, seine Hand verschränkt mit ihrer, murmelte sie auf Jiddisch, vielleicht für sich, vielleicht zu ihrem ältesten Sohn: »Es gibt Dinge, die du nicht weißt, es war Krieg.« Vielleicht versuchte sie auch, dem Alten zu antworten, der, von seinem Sohn an die saubere Wand gepresst, unkontrolliert zitternd zurückblieb. Rachamim flüsterte ihr sanft auf Jiddisch zu: »Mach dir keine Sorgen, Mama, Papa hat mir schon alles erzählt, aber ich liebe dich trotzdem.« Er glaubte nicht, dass ihn die bittere Frau, die so auf sich selbst konzentriert war, gehört hatte. Sie ließ seine Hand los und tappte schwerfällig hinaus, schritt über die rosa Fliesen, übersah die Menge. Ein Streit brach zwischen einigen Besuchern aus, denen es noch nicht geglückt war, durch die Pforten der Station zu treten. Rachamim hatte keine Kraft, die Streithähne zu trennen. Er wollte nur noch beten.

Der Soldat starb in der gleichen Nacht. Die Familie schwärmte aus, nahm weinend Abschied von ihm. In einer Karawane gingen sie hinein, um sich von ihm zu verabschieden, sein Gehirn war bereits gänzlich tot. Sein Brustkorb hob und senkte sich, und sein Herz schlug, doch dies war nur eine Illusion – die Maschinen leisteten die ganze Arbeit. Sogar sein Körper blieb warm wie der eines lebendigen Menschen, jedoch nur auf Grund der Heizdecke, in die man ihn eingehüllt hatte. Die Familie hatte all seine jungen Glieder edelmütig gespendet, ungerührt vom Kommen des Messias und der Wiederauferstehung der Toten, die doch ganz sein mussten. Sie weinten viel, aber sie schrien nicht. Die Freunde des Soldaten holten Papiertücher aus der Toilette und teilten sie höflich zuerst an die Eltern aus. Zwei Stunden nachdem sie sich zurückgezogen hatten, verschied der Rabbiner, er im Greisenalter. Niemand bat um seine Organe, die geschwächt waren wie er selbst, aus Polen importiert und abgenutzt. Rachamim musste den Leichnam identifizieren, damit man den Totenschein ausstellen konnte. Der Rabbi war weiß und tot, seine Lider standen offen. Ohne den Bart sah er wie ein anderer Mensch aus, und nicht wie sein teurer, weiser Vater.

Die Talmudstudenten warteten, bis Rachamim alle Verrichtungen abgeschlossen hatte, und dann marschierten sie mit ihm zu ihrem Viertel, nahmen den Weg hinauf über die arabischen Häuser im Wadi. Wie ein Rudel geprügelter, verlassener Hunde, und Rachamim an der Spitze. Er fürchtete sich, nach Hause zu gehen. Er fürchtete sich, allein zu sein, denn er wusste, in dem Moment, in dem er die Augen schlösse, würde sich ein Bild in sein Hirn eingraben, das nie wieder von ihm wiche. Das Bild seines Vaters, jung und schlank, Haar und Bart geschoren, seine Füße violett vom Schnee, durch den er barfuß gegangen war, all jene Juden belügend, die in den Weiten des alten Landes zur Schneeschmelze umherwanderten und Blutrache für ihr Leben und ihre Familien suchten. Eleazar führte ein Zufall dort vorbei, und er sah sie ein junges Mädchen umringen, dessen Kleider zerrissen waren, das blondes Haar hatte und im Vergleich zu ihnen verhältnismäßig dick war.

Ihr Blick war verängstigt. Es war die lange Stunde der Dämmerung. Sie hatten sie gerade erst erwischt. Sofort gewahrten sie, dass er ebenso wie sie ein Lagerinsasse war, und riefen ihn freudig herbei, damit er sich an ihrer Rache beteiligte. Sie hatten niederträchtige Pläne bezüglich jenes Mädchens, und der Rabbiner merkte, dass sie es genossen, ihre bösen Vorhaben laut hinauszuschreien. Das Mädchen zitterte nun vor blanker Angst. Eleazar sah sie an. Erst da wusste er, dass er sie retten musste. Er glaubte nicht, dass sie ihm seine Lügen abnehmen würden. Er selbst hätte im Leben nie geglaubt, dass diese Schickse eine Tochter seines Städtchens sein sollte, doch die Fremden entschuldigten sich sogar bei ihr. Der Rabbiner wusste nicht, wo das Mädchen gelernt hatte, auf Jiddisch zu murmeln. Vielleicht hatte sie etwas aufgeschnappt, als sie in den Todeslagern arbeitete. Seit jenem Abend waren sie zusammen, als verheiratet. So wenigstens schien es unserem rechtschaffenen Rachamim. Morgen würde er aufgefordert sein, den Kaddisch überm Grab zu sprechen, in Anwesenheit Hunderter Söhne Israels. Dieses Gebet konnte er durch Übung bereits auswendig, da hatte er überhaupt keine Befürchtungen. Er hoffte, dass die Seele des Soldaten ins Paradies aufstiege und an der Hand die Seele seines blinden Vaters führen würde, ihn nicht in den Abgrund stürzen ließe. Die Autos regten sich bereits und begannen ihre Fahrt, schälten den Schlaf wie Spinnweben von den Straßen und den Bäumen. Zeichen des Morgens waren sie. Ein Zeichen des Morgengebets.

»Deine Mutter sitzt dir zur Seite,
hütet vor allem Übel dich«

Or starb Ende April vor zehn Jahren an Leukämie, genau an dem gleichen Tag, an dem mein Vater vor sechsundvierzig Jahren zum ersten Mal in den Wäldern Polens einen Menschen umbrachte. Es war eine Woche, nachdem ihn die russischen Soldaten aus den Lagern befreit hatten und er sich zu einer Bande von Kerlen gesellte, die finster entschlossen waren, es den Nazis heimzuzahlen. Von jenem Tag damals hat er ein gerahmtes Bild. Am unteren Rand stehen das Datum und noch ein Satz, den ich nicht verstehe, auf Polnisch. Auf dem Bild sieht man sie, ein Trupp von sechs mageren, glatzköpfigen jungen Männern, in arroganter Umarmung auf eine mit Uniform bekleidete Leiche tretend. Der Kopf der Leiche ist zerschmettert, und ein schwarzer Fleck hat sich ringsherum im Schnee verbreitet (in meiner Kindheit war ich immer froh, dass das Bild wenigstens schwarzweiß war, sonst wäre es noch grausiger gewesen). Die zwei äußeren auf dem Bild haben Karabinergewehre, deren hölzerne Kolben zerbrochen sind, mein Vater hat einen Revolver in der Hand und ein Messer im Gürtel, das fast herausfällt. Das Bild setzte Staub an, da meine Mutter, die für das Saubermachen im Zimmer verantwortlich war, sich weigerte, diese »schlechten Dinge« zu putzen, die mein Vater im Überfluss angesammelt hatte. Sie war auch nicht bereit, den Staub von der Uniform des irakischen Offiziers zu schütteln, den mein Vater im Unabhängigkeitskrieg bei Kefar Sava getötet hat. Er hängte das Teil auf einem an die Wand genagelten Bügel auf. Als Kind sah ich mir die Uniform immer stundenlang an. Neben der rechten Schulter war ein schwarzes Einschussloch, umrandet von getrocknetem Blut. Or liebte seinen Großvater, der nie vergaß, ihm bei jeder Gelegenheit Süßigkeiten und Überraschungen mitzubringen, auch schon bevor mein kleiner Sohn im Krankenhaus im Sterben lag. Mein Vater versäumte keine Gelegenheit, dem Tod anderer nahe zu sein. Bis heute lebt er mit uns im Kibbuz, und manchmal kommt es mir so vor, als sei er traurig darüber, dass die blaue Nummer auf seinem Arm vor Alter verblasst und schrumpelt.

Or starb Ende April vor zehn Jahren an Leukämie. Das war zwei Jahre, nachdem meine Frau Tova vor dem Einschlafen zu mir gesagt hatte, dass etwas mit dem Jungen nicht in Ordnung sei. Plötzlich, im Alter von vier, wurde er blass, fast grün wie ein Frosch, beklagte sich über Schmerzen im Bein. Er verlor den Appetit. Einmal wurde er im Kindergarten ohnmächtig und fiel auf die Kante einer Treppenstufe. Er schlug sich ein Loch in den Kopf. Genau an dem Tag war Tova beim Studieren – an den übrigen Wochentagen arbeitete sie im Kindergarten. Ich war bei der Feldarbeit. Sie versuchten, mich zu erwischen, riefen in dem baufälligen Schuppen an, den ich schon seit Jahren überholen will und nie Zeit dazu finde. Kein Mensch antwortete ihnen, die ganze Mannschaft war auf dem Feld, es war auf dem Höhepunkt der Sommersaatsaison, und ich war zu der Zeit der Leiter der Arbeitseinheit. Es war ganz natürlich, dass sie mich wählten: Seit wir vor zehn Jahren als Mitglieder im Kibbuz aufgenommen worden waren, hatte ich auf dem Feld gearbeitet. Um die Wahrheit zu sagen, als sie anriefen, war ich weit weg und beschäftigt, versuchte zusammen mit Rami die Drillmaschine zu reparieren, nachdem mein kleiner Sohn sie versehentlich ruiniert hatte, weil er auf einen Felsen traf. Erst um halb sieben kamen wir wieder im Kibbuz an. Ich entdeckte Or mit verbundenem Kopf schlafend in seinem Bett (damals war bei uns der gemeinsame Kinderschlafraum im Kibbuz schon aufgehoben), violettes Jod war mit übertriebener Großzügigkeit auf seinem Verband verschmiert. Tova war noch nicht zurück, also hatte mein Vater über ihn gewacht. Anscheinend hatten sie, nachdem sie es aufgegeben hatten, mich zu erreichen, ihn gerufen. Dieser Alte war schamlos in unserem Wohnzimmer eingeschlafen, versabberte Speichel auf den Polstern, furzte, erfüllte das Zimmer mit dem Geruch nach Alter und Tod.

Meine Mutter starb an einer mysteriösen Krankheit, als ich in der vierten Klasse in der Alpenveilchen-Pionierjugend war (die erfolgreichste Gruppe im Kibbuz: drei Piloten). Nach dem Begräbnis kehrte mein Vater wieder an die Arbeit im Hühnerstall zurück, und alle dachten, er sei ein vorbildliches Beispiel. Die Friedhöfe sind immer die schönsten Flecken im Kibbuz – unserer lag inmitten eines Kiefernwäldchens. Heute weiß ich, dass die mysteriöse Krankheit Brustkrebs war (die Krankenschwester von damals hatte gesagt, sie sei bloß verwöhnt, und sich geweigert, sie ins Krankenhaus zu schicken). Ich war ihr einziger Sohn. Die Erzieherinnen zwangen mich, meinen Vater jeden Nachmittag zwischen vier und sieben zu besuchen. Ich ging barfuß durchs Gras, auch im Winter, aber ich war gekämmt und gewaschen. Im Sommer saßen wir immer draußen auf dem Betonstreifen an der Haus- und Rasengrenze, den mein Vater stur Terrasse nannte, tranken schwarzen, im kupfernen Findschan gekochten Kaffee und reinigten die Waffen, die er in seinem Geheimlager versteckt hatte. Dicht neben dem roten Betonstück stand eine dicke, hohe Kiefer. Wenn wir bei Arbeitsstille draußen saßen, sah ich die Nadeln mit dem Wind heruntertaumeln, sich auf dem starken, stacheligen und kratzigen Gras aufhäufeln. Mein Vater war der ständige Sicherheitsoffizier des Kibbuz – alle Waffen blieben in seinem Zimmer. Seine Umarmungen hatten einen Geruch von Abscheu und Gewehrfett an sich. Ich hasste es dermaßen, zu ihm zu gehen, dass ich sogar die weiße Gartenlaterne vor seinem Fenster hasste. Als ich jung war, schnitt ich mir die Lippe auf, weil ich gegen den Laternenpfosten rannte, und handelte mir eine Tetanusspritze im Zimmer der Krankenschwester ein. Über das verfluchte Bild erzählte er mir bei jeder Gelegenheit, wie ihm, als er den Nazihund erschoss, die Hand vor Hunger zitterte und er drei Kugeln brauchte, um ihm endgültig den Schädel zu spalten. Zwischen den Kugeln pinkelte der Deutsche, dem die Augen verbunden waren, in die Hosen wie ein Mädchen. Ab da hatte er sich geschworen, nie mehr danebenzuschießen. Vater liebte mich, nehme ich an. Er hatte wohl keine Wahl.

Am nächsten Morgen brachten wir Or zur Untersuchung ins Krankenhaus. Die Schwester vermutete eine leichte Gehirnerschütterung, er hatte einen ernsthaften Schlag unterhalb der rechten Schläfe abbekommen. Arie war damals der Verwalter des Kibbuzfuhrparks. Wir waren einigermaßen befreundet, er war derjenige, der mich zur Feldarbeit gebracht hatte. Er organisierte mir einen kleinen, neuen Wagen, obwohl es schwierig war, von heute auf morgen ein Auto zu bekommen, ohne es eine Woche im Voraus anzumelden. Tova beharrte darauf, dass wir die ganze Stunde zum Haifaer Rambam-Krankenhaus fuhren und nicht zum nächsten Krankenhaus in Afula. Ihr Bruder war Assistenzarzt dort, er würde sicher helfen können. Auch hatte das Krankenhaus in Afula einen üblen Ruf, im Kibbuz nannten sie die Ärzte dort die Schlächter. Ein fast vierzigjähriger Arzt untersuchte Or, forderte ihn auf, bis zehn zu zählen und auf einer geraden Linie zu gehen, danach spähte er ihm mit einer Lampe in die Pupillen. Am Ende der Untersuchung erfüllte er sein Versprechen und schenkte unserem Or einen roten Gockellutscher am Stiel, weil er so ein braver Junge war. Als er sich zum Gehen wandte, mit der Erklärung, es sei alles in Ordnung, nahm Tova ihn beiseite. Ich ging, um Or inzwischen aufzuheitern, zu meinem Glück lachte er noch darüber, wenn ich ihm die Nase stibitzte, ich kenne keine raffinierteren Spiele. Tova gelang es mit ihrem Charme, den Arzt zu überreden, noch eine Untersuchungsreihe durchzuführen. Sie hatte diesen Augenblick herbeigesehnt, schon seit über einem Jahr behauptete sie, dass mit dem Jungen etwas nicht stimmte. Siva, die Kibbuzschwester, hatte sie ignoriert, sie aus dem Krankenstationszimmer hinausbegleitet, während sie lauthals rief, damit es alle in der Schlange hörten: »Die Mütter heutzutage sind einfach überängstlich, dein Mann war in seiner Kindheit nie bei mir, und schau ihn dir an, er ist ganz ordentlich groß geworden.« Die Alten nickten zustimmend. In den Nächten nach solchen Besuchen bei der Schwester weinte Tova immer leise, um den Jungen nicht aufzuwecken, der endlich eingeschlafen war. Die Schmerzen störten ihn beim Schlafen. Ich erinnere mich, wie der Doktor Or in die Hand stach, bemüht, den weißen Kittel nicht zu beflecken, und die Ampulle füllte. Or weinte. Sein Kopf war noch verbunden. Während der Untersuchung hielt Tova ihn umarmt, Schwestern gingen ein und aus. Ich machte ein paar Schritte, um aus dem Fenster hinaus auf den Parkplatz zu schauen, auf den von Mandelbäumen umgebenen Rasen, gelb und krank. Die Familie eines der Patienten saß dort; wäre ich nicht in einem Krankenhaus gewesen, hätte ich gedacht, sie machten Picknick. Ich beobachtete sie von oben, mir schien, dass sie weinten. Möglicherweise war einer ihrer Lieben gestorben, und sie hatten die Hiobsbotschaft gerade erhalten. Der Arzt machte ein ernstes Gesicht, er bat uns, bis zum Abend auf die Ergebnisse zu warten, es sei ihm sehr wichtig. Or sah verängstigt aus, ich kaufte ihm Plastiksoldaten im Laden nebenan, in durchsichtiger Folie verpackt. Es hätte dort auch eine Fahne von England mit Mast und Hügelchen und zwei Panzer gegeben.

Eine Woche lang waren wir im Schockzustand. Nicht einmal in den Speisesaal gingen wir, wir hatten kein Verlangen danach, die Neugier der anderen zu befriedigen. Mein Vater brachte uns das Essen in Krankenhausblechbehältern. Der Kibbuzverwaltung hatten wir mitgeteilt, dass wir krank seien, wir konnten uns nicht konzentrieren, und es war uns egal, ob sie über uns redeten. Man braucht ohnehin eine Elefantenhaut, um im Kibbuz zu leben, sie werden immer über dich reden. Mein Vater brachte Or in den Kindergarten und holte ihn wieder ab, entließ ihn nicht aus seinem gebückten Griff. Etliche Tage danach erklärten wir es Or, und mein Vater erzählte es den Genossen bei der Kibbuzbesprechung am Samstagabend. Er wich von den Regeln ab und eröffnete mit einer tränenerstickten Rede. Alle versprachen, uns zu helfen, soweit sie konnten, im Nachhinein gesehen ist es vielleicht schade, dass wir nicht dabei waren. Wir hätten uns besser gefühlt. In jener Nacht bestellten wir wieder einen Wagen, diesmal im Voraus, wieder ins Rambam-Krankenhaus. Tova machte eine Abtreibung. Sie war zu unserem Glück erst im dritten Monat. Wie im Kibbuzspeisesaal öffnete sich die Tür automatisch, als wir um Mitternacht durch die Krankenhaustore traten, wie ein Verbrecherpärchen oder übermütige, verantwortungslose junge Leute. Ich liebte sie so sehr. Allmählich wurden wir mit dem Krankenhaus vertraut, so wie wir den Kibbuz mit seinen Bäumen und Pfaden kannten.

Auch die Abtreibung machten wir im Rambam, Tovas Bruder kümmerte sich um uns. Als wir ankamen, empfing er uns im gleichen Arztkittel, sah todmüde und besorgt aus. Er umarmte Tova lange, und dann, als sei er dazu gezwungen, umarmte er auch mich, kraftlos, fast mit ausgesuchter Förmlichkeit. Am Ende umarmten wir uns alle drei und weinten. Er arrangierte für uns einen Platz, wo wir uns vor der Operation ausruhen konnten, im Umkleideraum der Ärzte, versteckt am Ende des Gangs. Wir waren allein dort, die meisten Ärzte schliefen zu Hause. Er war hübsch wie sie, beide hatten sie diesen leidenden und liebenswerten Blick. Sie wechselten flüsternd ein paar Sätze, machten von

Satz zu Satz eine minutenlange Pause, hielten Händchen, und ich lief wieder unruhig im Zimmer umher. Ich betrachtete den Wäschekorb der Ärzte, der überquellend in der Ecke des Raumes stand. Alle weißen Kittel in dem Korb waren voller getrocknetem Blut. All die schneeweißen Kittel waren mit Blut besudelt, und es schien, als kröche schwarzes, fettes Gewürm des Todes über die Flecken. Im ersten Morgengrauen fuhren wir bereits wieder in den Kibbuz zurück, ohne den Jungen. Ich ging in der Früh aufs Feld, ich hatte eine Menge Arbeit dort.

Im Gegensatz zu mir ist Tova nicht im Kibbuz aufgewachsen. Sie kam als externes Kind mit der Lorbeer-Pionierjugend hierher. Das war unsere Schwesterorganisation. Wir verliebten uns im Kiefernwäldchen. Der Susi-Hain, so benannt nach einer jüdischen Freiwilligen aus Kalifornien, die durch Erhängen an einem der hohen Kiefernäste Selbstmord beging. Sie war mit der Besessenheit der ersten jungen Liebe in einen der alteingesessenen Kibbuzler verliebt. Er war Witwer. Den Gerüchten nach, die bis heute im Kibbuz in Umlauf sind, nützte er sie grausam aus, schlief etliche Male mit ihr. Eran behauptet, er hätte sie im Wirtschaftsraum vögeln gesehen, auf den Obstkisten für die Genossen, Donnerstagnacht. Den Gerüchten nach war der üble Genosse niemand anders als mein Vater. Ein junges Pärchen aus dem Kibbuz fand sie an einem halb zerbrochenen, klebriges Harz absondernden Ast hängen. Ihre Leiche war schwarz von Myriaden von Fliegen, die sich an ihrem Fleisch gütlich taten. Man erzählt, dass, als man ihre Leiche von dem Baum herunterholte (kein Mensch weiß, wie diese Susi allein so hoch hinaufgeklettert war), eine riesige Wolke von Fliegen in den Himmel aufstieg und den ganzen Wald überzog, bis es für einige Minuten fast finstere Nacht wurde. Die Gärtnereigenossen nahmen sie ab, alle waren sich einig, dass sie sich um die Leiche kümmern mussten. Mein Vater wusste als Erster im Kibbuz, dass die hübsche Susi, sexy und kindlich in ihren kurzen Röckchen, abging. Damals war er der Verantwortliche für die Arbeitsorganisation, er wusste über jeden Bescheid, der einen Arbeitstag versäumte. Auch seine Gegner bezeugen, dass er bei der Arbeitseinteilung erfolgreich war – ich persönlich verabscheute seine falsche Jovialität und die Art, wie er Genossen verspottete. Das junge Pärchen, das die faulig-schwarze, nach Tod stinkende Susi fand, hatte sicher einfach einen Ort zum Vögeln gesucht. Sie waren beide von der Lorbeer-Pionierjugend – bei uns war bekannt, dass sie den ganzen Tag bloß vögelten, sie kamen alle aus problematischen Familien. Tova zum Beispiel verlor ihre Jungfräulichkeit im Alter von vierzehn mit Eric, einem Freiwilligen aus Frankreich. Er wurde im Spüldienst eingesetzt, und während der Arbeit war er nervös und wütend. Im Kibbuz galt er als hervorragender Arbeiter, er war einer der ganz wenigen, denen es je gelang, die Geschirrspülmaschine am Freitagabend allein zu beherrschen. Aber er warf die scharfen Messer mit aller Gewalt immer nach jedem, der es wagte, die in Dampfschwaden und den Geruch nach Spülmittel und Säure gehüllte Spülküche mit den fettig braunen Wänden zu betreten. Die Störung seiner Harmonie brachte ihn auf. In Frankreich studierte er Physik, und wenn ich mich recht erinnere, war er Jude. Nachdem ihn der Nachtwächter erwischte, wie er mit Tova auf dem Tisch in der Geschirrkammer des Speisesaals dem Beischlaf frönte, warfen sie ihn noch in der gleichen Nacht aus dem Kibbuz. Den internen Gerüchten zufolge waren ihre Beine auf dem Tisch gespreizt, während ihr ganzer nackter Körper vom Tisch weg völlig in der Luft hing. Man sagt, dass sie wie eine brünstige Kuh stöhnte. Tova hat gestanden, dass das ihr erstes Mal war. Am nächsten Morgen wusste es schon der ganze Kibbuz und zerfloss vor Wonne über diese Information. Zwei meiner Klassenkameraden gingen in die Geschirrkammer und kehrten beglückt zurück, erzählten stolz, der Tisch sei immer noch voll mit dem Jungfernblut der guten Tova. Tova war ein Jahr vor dem widerlichen Vorfall von einer Sozialarbeiterin in den Kibbuz gebracht worden. Ihre Eltern hatten sich scheiden lassen, und keiner von ihnen wollte die Kinder. Nach dem Vorfall teilte man sie zur Druckarbeit ein. Die Druckerei, ein kleiner Bereich, der nur zwei Mitglieder beschäftigte, lag unter dem Werk, das Roboter zur Reinigung von Swimmingpools produzierte (der einträglichste Wirtschaftszweig des Kibbuzbetriebs, der es uns allen ermöglicht, anständig zu leben). Das Werk war zwei Jahre, bevor meine geliebte Tova dort eingesetzt wurde, errichtet worden. Jeder Junge im Kibbuz, ohne Ausnahme, war verpflichtet, während der Schulzeit einen Tag in der Woche und einen Monat der großen Ferien in einem der Bereiche zu arbeiten. Damals arbeitete ich noch im Gartenbereich, ich genoss es unbändig, in der Früh in den Rasenanlagen zu sein, während die Kameraden bei der Arbeit waren. Die Druckerei befasste sich hauptsächlich mit der Herausgabe von Blättchen der Bewegung. Geld brachte sie dem Kibbuz nicht ein. Deshalb wurde sie später bei dem

Rationalisierungsplan sofort gestrichen, den die Jungen als ersten Schritt auf dem Weg zur Vollprivatisierung einführten. Das war nach dem Tod von Or, unserem einzigen geliebten Sohn. Was haben sie dort mit ihr gemacht. An einem der Arbeitstage im Sommer wurde sie dort vergewaltigt. Es war halb fünf, und die beiden älteren Genossen gingen heim in ihre Zimmer, pünktlich wie eine Uhr. Zwei Jungen aus meiner Klasse, mit denen ich schon aufwuchs, noch bevor ich gehen und reden konnte, als ich kleiner war als Or bei seinem Tod, lebte ich schon mit ihnen zusammen, vergewaltigten sie nach Arbeitsschluss. Nützten die Verschwiegenheit der kalten, verlassenen Werkskeller aus. Sie wussten, dass keiner in das Labyrinth der dunklen Korridore ging, die zur Druckerei führten (die meisten Genossen im Werk wussten überhaupt nicht, wie man zur Druckerei gelangte, ich weiß nicht, warum sie die Werkskeller so gebaut haben). Sie arbeiteten im Sommer mit ihr in der Druckerei und nahmen an, dass sie kein Problem hätte, mit ihnen zu schlafen, nachdem sie mit Eric gevögelt hatte, der nach allen Maßstäben ein hässlicher und dummer Mann war. Heute haben die beiden den Kibbuz schon türenknallend verlassen. Vielleicht weiß Gott, wo diese arroganten Scheißkerle sind. Tova sagt, mit dem Franzosen habe sie sogar sehr gern geschlafen. Sie liebte ihn.

Or kam am ersten Mai in chemotherapeutische Behandlung. Es war der Tag, an dem die Kameraden von der Feldarbeit die schweren Rohre und die hohen Wassersprinkler installierten. Als Bereichsleiter der Feldarbeit hätte ich bei ihnen sein müssen, um sicherzustellen, dass sie keine Fehler machten. Ein Jahr später kaufte der Kibbuz ein

»Mobiline«-Bewässerungssystem, was uns allen viel Arbeit ersparte. Ich habe mich immer gefragt, wie Or dermaßen blond hatte werden können (die Pflegerinnen nannten ihn liebevoll »Schwede«). Ebenso wie ich ist auch Tova von Geburt an schwarzhaarig gewesen. Er saß auf dem Stuhl, seine Beine berührten den Boden nicht, sie waren zu kurz. Er sah klein und hilflos aus. Er hatte keine Angst. Der Arzt war ein junger Mann, fast im gleichen Alter wie Tovas Bruder. Das beunruhigte mich ein bisschen, ich hätte einen älteren Arzt vorgezogen. Er bemühte sich, nett zu unserem kleinen Or zu sein. Am Ende der Behandlung, als die lange Nadel geschickt aus Ors Arm gezogen worden war, kaufte ich ihm einen grünen Plastiktraktor, an den ein Pflug gespannt war, mit einer gelben Landarbeiterpuppe, die den Traktor fuhr und eine Baseballkappe trug. Die ganze lange Strecke im Dauerstau in den Norden hinauf erbrach sich Or und zitterte. In der Nacht schlief er bei uns im Bett, in Tovas Armen. Ich werde diese schwarze Nacht nie vergessen. Die Dunkelheit und das Ächzen des fiebernden Or, das Ticken der Uhr und das Würgen. Die Morgendämmerung, die nicht anbrechen wollte. Ich stand in der Früh um Viertel vor fünf zur Feldarbeit auf.

Die Serie bestand aus zehn Behandlungen alle drei Tage, fast eineinhalb Monate lang. Die Ärzte erklärten uns, dass sie das verkrebste Knochenmark abtöten mussten. Danach pflanzten sie Or neues altes Knochenmark ein. Mein Vater spendete es. Überraschenderweise passte nur seines für Or. Tova hasste ihn beinahe genauso wie ich. Das Alter milderte bei ihm nichts, er blieb schlecht bis in die Knochen. Stark wie ein Stier. Als er aus der Betäubung erwachte, sprang er auf seine alten Beine und hastete, halb entblößt, im Krankenhauskittel los, um zu sehen, wie sich unser kleiner Or erholte.

Ein Jahr nach Ors Tod, als die übrigen Genossen unserer Trauer gegenüber schon weniger duldsam waren, wurde meine Frau zur Arbeit im Werk statt im Kindergarten eingeteilt. Sie weinte im Kindergarten den ganzen Tag und störte bloß den Rest des Teams. Die Kinder dort waren in Ors Alter. Der Kibbuz hatte sie als Kindergärtnerin ausbilden lassen, nachdem wir als Mitglieder aufgenommen worden waren. Tova lernte zwei Jahre an der Oranim-Fachhochschule und kehrte jeden Abend mit dem Fahrdienst vom Kibbuz nach Hause zurück. Wir waren damals schon verheiratet, hatten ein geräumiges Zimmer in einem Viertel für die jungen Paare erhalten, die noch nicht genügend Dienstjahre im Kibbuz angesammelt hatten. Heute haben wir, obwohl wir ein kinderloses Paar sind, größere Räumlichkeiten mit grünem Rasen ringsherum nahe dem Schwimmbecken bekommen. Als wir umzogen, pflanzte ich neben dem Zugangsweg Pfirsich- und Guajavenbäume, doch sie wurden vom alten Amram von der Gartensektion beseitigt. Er gedachte meiner für meine Arbeit in der Gärtnerei des Gymnasiums nicht in alter Freundschaft, und eines Morgens, als ich bei der Feldarbeit war, fällte er sie und ließ den Baumschnitt auf dem Rasen liegen, damit man es sah. Er hasste Genossen, die selbst etwas anpflanzten. Er hasste Obstbäume, seiner Meinung nach brachten solche Bäume Krankheiten für den Rasen mit sich. Die Kibbuzgärtnerei war sein Lebenswerk. Er arbeitete mit dem Zorn eines Künstlers, der sich an einem unendlichen und nie vollendeten Kunstwerk übt. Er hatte nicht viele Freunde, auch nicht unter den Alten. Mit meinem Vater hatte er eine lange Rechnung offen. Als der Kibbuz Ende des Unabhängigkeitskriegs errichtet wurde, verliebten sich beide in meine Mutter und warben um sie. Sie war eine fast so schöne Frau wie Tova. Mein Vater blieb nicht untätig. Als Arbeitsorganisator weigerte er sich, weitere Arbeiter für die Gärtnerei einzuteilen, trotz Beschluss des Arbeitsausschusses. Er zog auch bei jeder Gelegenheit Leute von der Gärtnerei für mobile Einsätze ab und hatte seine Freude daran zu sehen, wie Amram rot anlief und brüllte. Er wusste, dass Amram an seiner Entscheidung nichts ändern konnte.

In der Nacht, bevor Tova ihren ersten Arbeitstag im Werk antrat, ging sie nach mir schlafen. Fast bis Mitternacht sah sie sich einen Liebesfilm im zweiten Programm an. Sie schlüpfte barbusig wie üblich ins Bett. Sie hatte große, schöne Brüste mit extrem rosa Warzen. Ich spürte, wie sie sich im Bett herumwälzte, sich aufsetzte, wieder hinlegte. Halb im Schlaf hörte ich sie weinen. Sie trat auch mit ihren Füßen gegen die Wand. Nach Ors Tod hatte sie eine Woche andauernd so geweint. Jede Nacht, schlief nicht ein. Ihr ganzes Gesicht war wässrig und aufgedunsen vor Tränen. Salzig. Ihre Nase tropfte. Ich wachte auf, todmüde. Erst da erzählte sie mir, nach all den Jahren, die wir uns kannten, was sie mit ihr in der Druckerei gemacht hatten. Von jenem Tag. Sie hatte ihre Periode, als sie sie erwischten (es war ihre erste Menstruation, sie war eine Spätentwicklerin). Sie versuchte, zu schreien und sich zu wehren. Kein Mensch war in diesen tiefen Gängen unterwegs. Die Maschinen des Werks arbeiteten pausenlos, Tag und Nacht.

Ein menschliches Ohr konnte nichts hören. Sie versuchte nicht mehr zu kämpfen, als die beiden sie an die tintenkalten metallenen Druckklischees pressten. Einer spreizte ihr die Beine, kämpfte mit dem abgenutzten Reißverschluss der Arbeitshosen. Der zweite, der damals ein guter Freund von mir war, zerriss das blaue Arbeitshemd und biss sie begierig. Dem ersten gelang es, ihre Beine zu öffnen, bis ihre Oberschenkel beinahe auseinanderbrachen. Er zwängte sich mit Mühe hinein, stieß zu. Es tat ihr sehr weh, alle Muskeln krampften sich zusammen. Sie spürte, wie sich sein Penis bis zur Gebärmutter hinaufarbeitete und sie zerstörte. Während der ganzen Zeit saugte dieser zweite an ihr und biss sie. Er versuchte auch, ihr zu erklären, dass sie schließlich besser als der Franzose seien. Er versuchte auch, ihr zu versichern, dass er in sie verliebt sei – vielleicht log er nicht einmal. Der Erste zog sich mit einem Ruck aus ihr zurück und machte Platz für meinen Freund. Sein Eindringen war angenehmer. Tova war schon aufgerissen und auch mit Samen gepolstert. Er kam nicht wirklich, das wusste Tova. Vielleicht war er zu sehr unter Druck. Dann gingen sie, sie schälte sich von den Druckblöcken, auf ihrem nackten Rücken blieben ihr eine Woche lang die Tintenspuren der Buchstaben erhalten – Heft 104 der Bewegung. Sie erinnerte sich, wie ihr der klebrige Samen über die Schenkel tropfte, bis zum Knie gelangte. Seitdem wusste sie es. Wusste, dass ihre Gebärmutter kaputt war. Sie war an Or schuld. Die beiden hatten ihn zerstört. In der Früh erwachte sie zur Arbeit im Werk eine Viertelstunde vor der Zeit. Freute sich über die erfrischende Veränderung des Arbeitsplatzes. Klein, schlank und schön.

Der Leiter des Werks ist heute Eran, er und Sarit, seine Frau, sind gute Freunde von uns. Sie haben uns von ganzem Herzen während der gesamten verfluchten Periode geholfen. Nur ihnen wagten wir von der Abtreibung zu erzählen. Eran führte die Privatisierung im Kibbuz an, hielt Reden bei den Sitzungen, ignorierte den gepeinigten Aufschrei der Alten. Er ist der Mann, der ihnen alles, was sie ihr Leben lang aufgebaut haben, zerstören wird, mit überheblichem Lächeln. In einer der Samstagabendsitzungen zog mein Vater wie üblich vor Wut über ihn einen Revolver. Ich musste grinsen, obwohl Eran erschrak. Es war der deutsche Revolver, den er der Leiche des Offiziers abgenommen hatte, den er vor Jahrzehnten damals in Polen tötete – selbst ein Gott, der die Toten wiederauferstehen lässt, konnte diesem alten Stahlklumpen keine Kugel entlocken. Er war von Kern auf verrottet. Freitagabends, nach der gemeinsamen Geselligkeit im Klub, kommen sie oft zu uns nach Hause. Eran erklärt uns immer mit Begeisterung die Rentabilität der Privatisierung. Versteht doch, jedes Paar wird achthunderttausend Schekel kriegen. Uns braucht man nicht zu überzeugen, wir sind für ihn. Er trägt einen Kopf auf den Schultern. Mit einer echten Geste haben sie ihre Tochter Or genannt. Eran rief Tova eine Stunde nach der Geburt aus dem Krankenhaus an.

Nach den Behandlungen und der Operation waren wir ein halbes Jahr unter Beobachtung. Alle Anzeichen und Untersuchungen zeugten von Erfolg. Das war die Zeit der Freude in meinem Leben. Or kehrte mit Energie in den Kindergarten zurück, aufgeregt, und Tova war auch dort, behütete ihr Junges. In diesem wunderbaren halben Jahr hatte er eine Freundin im Kindergarten, die kleine Tochter der Familie Jitzchaki, Enkelin von Avner Jitzchaki, dem Kibbuzsekretär der letzten zehn Jahre. Jedes Jahr kündigte er und kehrte auf Grund des Drängens der Genossen zu seiner Aufgabe zurück, eine Art unechtes Ritual. Noa war Avners Enkelin und die Tochter von Schabatai Jitzchaki, dem leitenden Kibbuzfunktionär, der wegen seiner Weigerung berüchtigt war, unprofitablen Arbeitszweigen das Weiterbestehen zu ermöglichen. Seine Frau führte die Wäscherei. Die Jitzchakis gehörten zu den vielen Familien im Kibbuz, die versuchten, die Machtzentren zu beherrschen. Wenigstens dachte so der Rest der Mitglieder. Mein Vater hasste die gesamte Familie Jitzchaki, aber Avner vor allem. Avner war in Israel geboren. Avner verstand die Lagerüberlebenden nicht. Er versucht es auch nicht. Avner wird nie in einem Lager sein.

Dann kamen andere, verfluchte Nächte. Or wachte wieder jede Nacht auf, gequält von Schmerzen. Er brüllte, spuckte warmes, zähes Blut, fast schwarz, das wie verfault roch. Tova weigerte sich zu glauben, dass der Krebs zurückgekommen war. Sie bläute sich und mir ständig vor dem Schlafengehen ein: »Das ist nur eine leichte Grippe. Jedes Kind ist manchmal krank. Die Ärzte haben gesagt, es wird alles gut.« Meine Tova war nicht bereit, ins Krankenhaus zurückzukehren, sie war überzeugt, dass diese Ärzte ihn umbringen würden. In den Nächten schlief sie mit ihm in dem Kinderbett, das wir aus der Schreinerei bekommen hatten, als Or zwei Jahre alt wurde, mit dickem Nylonüberzug, um das Bett vor Kleinkindurin zu schützen, für die kommenden schönen Kibbuzgenerationen. Or wurde immer schwächer, und die Sonne wurde immer schwärzer. Ich wusste es. Ich wusste, wenn wir wollten, dass der Junge lebte, mussten wir ihn schleunigst ins Krankenhaus bringen. Heimlich, wie ein Knabe, der am Schabbat einen Traktor fürs Feld stiehlt, log ich Tova an, sagte zu ihr, ich müsse das Werkzeug für morgen kontrollieren. Ich rief ihren Bruder an. Um die Wahrheit zu sagen, wir beide haben nie miteinander geredet außer in der Zeit vor seiner Einberufung, als er bei uns im Kibbuz wohnte. Damals sprachen wir ein bisschen übers Militär. Er fürchtete sich vor der Rekrutenausbildung, er war mager und schwächlich, hatte Angst, dass sie ihm böse zusetzen würden. Er hatte keinen anderen Erwachsenen, mit dem er über die Einberufung reden konnte. Tovas Vater war mit dreißig nach Israel eingewandert und hatte Reservedienst beim Zivilschutz gemacht. Ich erzählte ihm von der Zustandsverschlimmerung meines Sohnes, bemüht, nicht zu weinen. Er war noch Junggeselle, hatte noch nicht die richtige Frau getroffen. Ich erwischte ihn nur durch ein Wunder zu Hause – die meiste Zeit war er beim Bereitschaftsdienst. Am nächsten Morgen kam er zum Kindergarten von Tova und Or mit einem neuen Auto, die Polster waren noch mit Plastikfolie überzogen. Die Alten, die in der Früh immer mit trauriger Langsamkeit im Kibbuzgelände spazieren gingen, betrachteten den neuen Wagen mit einem Blick voll flammendem Zorn. Ich war froh, dass mein Vater nicht dort vorbeikam, er wäre imstande gewesen, einem solchen kapitalistischen Auto die Reifen aufzuschlitzen. Es hatte solche Fälle schon gegeben.

Er nahm Tova in den Susi-Hain mit und redete ihr sechs Stunden lang zu. Schließlich, nach einem schier unmöglichen Überzeugungsakt, holten sie Or aus dem Sandkasten im Kindergarten und fuhren ins Krankenhaus. Ohne mich. Ich fuhr erst nach Abschluss des Arbeitstages hin, mit dem holpernden Kleinlaster der Landwirtschaftsbrigade, mit dem man keine richtige Straße befahren darf. Er hat seit über fünf Jahren weder Inspektion noch Versicherung. Der Wagen roch nach Erde, Benzin und Schmieröl. Die hintere abgetrennte Ladefläche war mit einem Haufen Arbeitsgerät beladen – Eisenstangen und Öl. Mit jedem Hüpfer fielen sie laut krachend durcheinander. Ich fuhr sehr schnell, ruinierte fast den Motor.

Als ich im Krankenhaus ankam, war Or schon in der Intensivstation. Narkotisiert wie tot. Durchlöchert. An Dutzende Maschinen angeschlossen. Die Ärzte erklärten meiner Frau mit gezwungenem Lächeln, dass der Junge in etwa zwei Tagen endgültig sterben würde. Sie versuchten, ein verständnisvolles, solidarisches Gesicht aufzusetzen. Sie zogen es vor, ihn zu betäuben, damit er nicht litt. Es war schon zu spät, um ihn zu retten. Die grausame Krankheit hatte ihn bereits von innen zermalmt. Er war eigentlich schon tot. Tovas Bruder blieb traurig bei uns, zog den Kittel aus, um wieder ein gewöhnlicher Mensch zu sein. Ich rief Eran an, und ich schwöre, erst da weinte ich. Ich bat ihn, es meinem Vater mitzuteilen. Ich hoffte, er würde es ihm schonend beibringen. Auch mein Vater liebte Or. Avner Jitzchaki führte die Karawane ins Krankenhaus an (sämtliche Kibbuzfahrzeuge wurden für diese Mission mobilisiert, und es blieben immer noch viele wegen Platzmangel im Kibbuz zurück). Gekämmt, in seinem weißen Schabbathemd, alle Seidenknöpfe sorgfältig geschlossen, rannte Avner herum, versuchte, Ordnung herzustellen, drückte Hände, debattierte mit den Ärzten. Erboste meinen Vater mit Fragen. Sie weckten Or noch einmal auf, damit wir uns von ihm verabschieden konnten, die letzten Worte. Mein Vater ging allein durch die schweren Pforten der Station und kam weinend und zitternd heraus. Mir schien, als genieße er die erneute Aufmerksamkeit seitens des Kibbuz. Nichts ist beängstigender als ein sterbendes Kind. Von der ganzen weitverzweigten Familie Jitzchaki ging bloß Noa hinein, geleitet von den Armen meiner Tova. Nur Vereinzelte wagten es hineinzugehen, obwohl Tova sie weinend anflehte. Sie zogen es vor, uns draußen zu unterstützen, über den armen Jungen zu reden und Kaffee aus dem neuen Automaten zu trinken. Mein Vater war erfreut darüber, dass man ihn wieder umarmte. Als Letzte gingen ich und Tova hinein. Or schaute uns mit hohlem Blick an, seine Zunge war an der Wange festgebunden, um ein Ersticken zu verhindern. Ich wollte die Schläuche abreißen, die an seinem ganzen Körper hingen, die Beatmungsvorrichtung aus seiner Nase ziehen, ihn unter meinen Mantelflügeln verbergen, mit ihm ins Jezre'eltal, zu den Feldern fliehen. Der Raum war sorgfältig in Cremebraun gestrichen, und andere, ältere Sterbende lagen dort allein, bewusstlos. Uns gab man eine Sonderbehandlung, weil Or nur ein kleines Kind war, aber hauptsächlich Tovas Bruder zuliebe. Verfluchte Ärztegesten. Nach einer Stunde der Tränen und gebrochenen, erstickten Halbsätze holten sie uns schließlich dort heraus, versperrten uns mit Gewalt den Blick auf den kleinen Leichnam unseres Sohnes in dem großen weißen Bett. Erst nachdem die blitzenden Stahltüren hinter uns verschlossen wurden, hörte ich vielleicht ein kleinkindhaftes Wimmern. Erst da hörte ich auf zu weinen.

Danach beharrte Tova darauf, nicht mehr mit mir zu schlafen. Ein Jahr lang blieb sie bei ihrer Weigerung. Sie deutete mir großzügig an, wenn ich wirklich unter Druck käme, könne ich ins Pub gehen und zur Beruhigung mit einer weiblichen Freiwilligen vögeln. Natürlich lehnte ich ab. Ich liebte nur meine kleine Tova. Nach Ors Tod verlor sie noch mehr an Gewicht. Am Schabbat gingen wir regelmäßig, egal bei welchem Wetter, Hand in Hand im Susi-Hain spazieren, blieben stehen, um die Kiefernnadeln auf dem Boden landen zu hören, und schwiegen. Nach dem Trauerhain gingen wir immer zum Kibbuzfriedhof, der sich in letzter Zeit ausgedehnt hat, da die meisten der Gründergeneration inzwischen verschieden sind. Sie haben Or am Ende der Parzellen begraben, am Rande des Wäldchens. Die Kiefernnadeln bedeckten seine winzige Grabstätte, vergifteten die Blumentöpfe, die wir ringsherum aufgestellt hatten. Jede Woche versuchten wir, sie zusammenzufegen und die grünen Pflanzen um Or herum zu bewässern. Von Ors Grab aus sah man die Felder, und man konnte den baufälligen Landwirtschaftsschuppen erkennen, der fast unter der Last der Jahre zusammenbrach. Mein Vater hat diesen Schuppen vor über fünfzig Jahren gebaut, als der Kibbuz gerade gegründet worden war. Aus Blech und Nägeln hat er ihn gebaut, allein und nachts, nachdem er mit der Arbeit fertig war, das Blut der gedemütigten Nazis und Araber, die er ermordet hatte, noch unter seinen Fingernägeln. In den Nächten schlief er dort mit meiner Mutter mit der Wildheit einer tödlichen Bestie. Sie mieden den damals jungen Kiefernhain, entfernten sich zu dem windschiefen Schuppen, damit der Rest des Kibbuz sie in ihrer unersättlichen Leidenschaft nicht hörte. Und er nahm immer einen Revolver, in seiner Unterwäsche versteckt, zur Sicherheit mit.

»Du darfst nicht, darfst nie verzagen,
morgen beginnen wir neu«

Ich habe eine Freundin, die von Beruf Sexologin ist. Sie ist dick wie ein Elefant. Marcia heißt sie. Sie ist in der Zeit der schwachsinnigen Freude nach dem Sechs-Tage-Krieg aus den Vereinigten Staaten nach Israel eingewandert. Ihren gewundenen, hemmungslos närrischen Weg in Israel begann sie als Freiwillige in einem großen Kibbuz im Norden oben, im Jezre'eltal, während der Phase, als die Männer an der Front warteten. Sie wohnte fast zwei Jahre mit den übrigen Freiwilligen im Kibbuz, bis sich ihre beste Freundin, Susi, in dem nahen Wäldchen beim Kibbuzgelände aus enttäuschter Liebe zu einem Kibbuzgenossen erhängte, der fast dreißig Jahre älter war als sie. Nach dem tragischen Selbstmord konnte Marcia nicht länger im Kibbuz leben, doch sie war innerlich auch nicht in der Lage, Israel zu verlassen und zu ihren wohlhabenden Diasporaeltern nach Boston zurückzukehren. Sie war diesem Land und dem zionistischen Virus mit Irrsinn verfallen. Anfangs studierte sie englische Literatur an der Hebräischen Universität in Jerusalem, bis sie sich heftig in einen hübschen religiösen Jungen verliebte. Das war gerade in der Zeit des Zermürbungskriegs. Sie und der Junge heirateten, als er auf Urlaub vom Reservedienst zurückkam, er trat mit durchsäuerter Uniform und staubigen Locken unter den Brautbaldachin. Damals wurde das als

Ehre betrachtet. Sie zogen ins Zentrum von Hebron, in eine Wohnung neben einem berüchtigten orthodoxen Rabbiner. Sie hat keine Fotos aus dieser Zeit. Der Junge hat sie alle wütend verbrannt. Nach zwei Jahren ließen sie sich scheiden – es gelang ihr nicht, an Gott zu glauben, und sie wollte keine religiösen Kinder aufziehen. Im Geheimen nahm sie während der ganzen Zeit die Pille. Sie verführte ihn vorsätzlich an den verbotenen Menstruationstagen. Marcia versteht es, richtig schlecht zu sein. Seitdem hat sie nie wieder geheiratet. Nach der Scheidung kehrte sie nach Jerusalem zurück und arbeitete im Außenministerium. Mit dieser Zeit gibt sie immer an, sie behauptet, dass sie eine Reihe von Affären mit großen öffentlichen Persönlichkeiten und führenden Militärs hatte. »Soldaten sind der beste Fick, sie wollen es direkt«, erinnert sie sich sehnsüchtig mit ihrem schweren Akzent. In jenen fröhlichen Zeiten teilte sie die Wohnung mit Debbie Weissman, auch sie eine Neueinwanderin aus Amerika. Sie waren Freundinnen noch aus dem College dort. Debbie war entsetzlich reich und fast so hübsch wie die junge Marcia. Sie war schon im Magisterstudium in klinischer Psychologie, und sie war es, die Marcia dazu überredete, Sexologie zu studieren. Die beiden waren ziemlich gestört und zügellos für jene Zeit. Es waren Legenden über sie im Kreis der lüsternen Studenten in Umlauf. Marcia erzählte mir einmal nach einer halben Flasche Merlot, dass sie versucht hatten, miteinander zu schlafen, als Marcia ihre Periode hatte. Sie ist immer geil während der Periode. Marcia erzählte, es sei ziemlich widerlich gewesen, seitdem hat sie nie mehr mit Frauen geschlafen. Lieber mit Frauen reden und mit Männern ins Bett gehen. Sie beherbergten fast jede

Nacht Männer in ihrer Wohnung. Manchmal wechselten die Männer, mit ihrer Zustimmung, rauchend, mit noch nassem Penis, leise von Debbies weiß gestrichenem Zimmer voll Dutzender Puppen in Marcias rauchgeschwängertes Reich, das wie ein Beduinenzelt am Sinai aussah, mit Teppichen auf dem Boden und Wasserpfeifen. Marcia erzählt immer lachend, dass sie hauptsächlich deswegen beschloss, Sexologin zu werden, weil sie so liebend gern vögelt. Das letzte Wort sagt sie immer mit ihrem komischen Akzent, über den wir alle lachen. Sie ging in Boston auf die Uni und hat drei Jahre lang bei ihren Eltern gewohnt. Sie kehrte nach Israel zurück und wurde die erste Sexologin in Haifa. Mit einem Frachtcontainer ließ sie sich einen kompletten Schrank mit dicken Büchern in Englisch mit Lederrücken, Einbandprägung und Goldlettern schicken. Das Buch, das sie am meisten liebte, nannte sich »Die Vagina ist der Eros Gottes«. Wenn ein Paar zu ihr in Behandlung kam, zeigte sie ihnen als Erstes immer dieses Buch, das hundertfünfzig Farbzeichnungen verschiedener weiblicher Löcher beinhaltete. Über jedem Bild gab es eine Beschriftung wie »Lotus« oder »Häschen«. Das Buch war dazu bestimmt zu zeigen, dass die Geschlechtsorgane der Frau etwas Schönes sind. Sie sagte zirpend zu den Paaren: »Eine Frau muss ihre Muschi wirklich lieben, sonst kommt sie nie.« Dem Ehemann war die Behandlung bei ihr meistens peinlich. Sie genoss es, männliche Wesen in Verlegenheit zu bringen.

Marcia ist wie eine große Schwester für mich. Sie ist tatsächlich fünfzehn Jahre älter als ich (meiner Meinung nach lügt sie, wenn sie ihre Jahre zusammenzählt). Ausgerechnet dank Hebron, meinem Mann, haben wir uns getroffen.

Marcia hatte eine Praxis im Haifaer Rambam-Krankenhaus, wo Hebron seinen Facharzt für medizinische Intensivbehandlung mit Schwerpunkt auf Kinder mit finalen Krankheiten gemacht hat. Marcia sagte einmal zu mir, nur ein sadistischer Mensch könne sich eine solche Spezialisierung aussuchen. Nachher entschuldigte sie sich, hauptsächlich weil ich wirklich wütend auf sie war. Sie hielt einen Vortrag vor dem Ärztestab auf dem Purimfest vor vier Jahren, als Hebron erst Assistenzarzt war. Ich erinnere mich gut an diesen Abend: Hebron bestand darauf, dass ich mit ihm zu einer Kostümparty kam, es goss in Strömen, ohne Pause, wie üblich an Purim. Ich machte mich allein auf den Weg – Hebron sollte sich mit mir im Krankenhaus treffen, er hatte eine lange Vierundzwanzig-Stunden-Schicht vor der Party. Immer würgen sie den Assistenten die Schichten rein, und damals brachte ihn das zur Weißglut, obwohl er heute, als Facharzt, das grausame System unterstützt. Ich verkleidete mich als Fee. Wenn Hebron gereizt heimkommt, stichelt er immer, ich sei zu kindisch. Dasselbe Kostüm hatte ich an diesem Morgen im Kindergarten getragen (ich arbeite als Kindergärtnerin, die Kinder lieben mich). Rosa Flügel an einem rosa Anzug, mit Eisendrähten verstärkt, damit sie abstehen, voller Silber- und Goldglitter. Ich zog einen kurzen, aufreizenden Minirock an, der gerade noch meinen kompakten Hintern bedeckte. Unterwegs erfror ich fast vor Kälte. Die Nachbarstochter half mir, mich mit glitzerndem Gold zu schminken und mein Haar in einem engen Reifen zusammenzufassen. Sie nutzt jede Gelegenheit, um bei uns in der kleinen Wohnung herumzulungern. Ihre Eltern sind ziemlich alt und komisch, ich glaube, sie schlagen sie, vielleicht macht ihr Vater Sachen mit ihr, sie fürchtet sich vor Berührung. Sie heißt Tikva, damals war sie dreizehn. Auch heute, wo sie siebzehn ist, arbeitet ihr Vater immer noch nichts und rasiert sich nicht – Gott weiß, wovon sie leben. Hebron versuchte mit ihm zu reden, als wir gerade frisch eingezogen waren; dass er aufhören solle, so viel zu trinken. Er wollte ihm ins Gewissen reden, ihm erklären, dass der Arrak ihn von innen her umbringe, worauf er ihn beinah mit einem Küchenmesser erstach. Im Sommer trinkt Tikvas Vater draußen, schaut das Fenster an, nur in kurzen Hosen. Er hat den kläglichsten Blick der Welt, oder den bösartigsten.

Hebron versprach mir, dass wir, wenn ich endlich schwanger würde, das Viertel in Bat Galim verlassen und in eine viel normalere Gegend ziehen würden, mit Nachbarn wie wir. Vorläufig ist es bequem für ihn, wir wohnen zehn Minuten zu Fuß vom Krankenhaus und von dem Kindergarten weg, in dem ich arbeite. Noch ein Vorteil ist, dass wir nahe am Meer sind, und wenn zwischen den Schichten Zeit bleibt, gehen wir an den Strand und Arm in Arm spazieren. Eine Woche nachdem wir in das Viertel gezogen waren, bevor mein Mann mit seiner Arbeit anfing, haben wir am Meer im Kasinogebäude miteinander geschlafen. Die Bauarbeiten am Kasino sind schon vor Jahren eingestellt worden, sie warten, bis die Glücksspiele legal werden. Inzwischen existiert es als graues Betonskelett. Die Wände verbargen uns vor den Passanten auf der Strandpromenade. Wir hörten das Bersten der Wellen. Wir liebten uns im Stehen, ohne uns auszuziehen, mein Rücken war gegen die raue und eiskalte Wand gepresst. Hebron kam nach einer Minute und machte sich ans Zuknöpfen. Er gerät leicht unter Stress. Gut, dass wir fertig wurden. Ein Paar kam herein, flüsterte, gerade als wir die Kleider in Ordnung gebracht hatten. Hebron schloss noch den Gürtel, es gelang ihm nicht, den Dorn in das Loch zu kriegen in der tödlichen Finsternis dort. Wenn sie mittendrin hereingekommen wären, wäre mir das bis an mein Lebensende peinlich gewesen. Das ist meine größte Angst, ich bin wirklich schamhaft. Heute, fast viereinhalb Jahre nach dem Vorfall, wurde in dem verlassenen Kasinoskelett ein Mensch bei einem Drogengeschäft mit einem Messer ermordet. Ein Glück, dass wir uns das nicht zur Gewohnheit gemacht haben, wir hätten noch mittendrin umgebracht werden können.

Damals kam ich auf der Party an, suchte Hebron unter den Ärzten und ihren Frauen. Alle dort kannten sich. Sie standen in dichtgedrängten Kreisen, lachten, hielten Getränke in der Hand, bemüht, sie nicht zu verschütten. Die meisten hatten nichts in die Kostümierung investiert: Die Mehrzahl der Ärzte trug eine gekaufte Maske oder hatte die Haare mit einem Spray gefärbt. Wenn ein Wettbewerb stattgefunden hätte, hätte ich garantiert gewonnen. Es gab auch viele, die in Dienstkleidung auftauchten und überzeugt waren, wahnsinnig witzig zu sein, wenn sie sagten, sie hätten sich als Ärzte verkleidet. Schwestern, Reinigungspersonal, untere Direktions- und Pflegeangestellte waren nicht eingeladen worden – sie hatten ihr eigenes Fest, am nächsten Tag. Es war ein Abend für Ärzte und die Führungsetage. Ich wusste nicht, ob sich Hebron verkleidet hatte. Er wollte als Indianer gehen und hatte das Kostüm mit zum Dienst genommen. Vielleicht war er im letzten Moment umgeschwenkt und hatte sich geschämt. Ich gab es auf, meinen geliebten Mann zu finden. Über fünfhundert geladene Gäste waren dort. Sie forderten alle auf, sich auf die aufgereihten Stühle zu setzen, schalteten die Neonbeleuchtung aus, denn sonst hätte man ihnen kein Gehör geschenkt. Alle Ärzte sind überheblich, das habe ich in den letzten Jahren gelernt. Irgendwie liegt eine Arroganz in dem Wunsch, einen anderen Menschen zu retten. Nachdem wir unsere Plätze eingenommen hatten, trat Marcia auf, schleppte ihre Fettmassen unter Seufzen und Schnauben aufs Podium. Sie war die dickste Frau, die ich je im Leben gesehen hatte, mindestens zweihundert Kilo. Sie hatte sich dreist als Hure verkleidet, die Netzstrümpfe umschlossen ihre furchterregend dicken Schenkel nur mit Mühe und fingen unter der Belastung schon zu reißen an. Ich hielt den Platz neben mir für Hebron frei, falls er plötzlich auftauchen würde. Marcia begann mit ihrer Vorführung. »Heute sprechen wir über Sex, gibt es Gynäkologen im Publikum?« Sie zeigte ein riesiges Dia mit einem weiblichen Loch in Überlebensgröße, rosa und schaumnass, und bat einen jungen, energischen Gynäkologen, die Teile der Vagina zu erläutern. Nachdem er mit der Erklärung der lateinischen Begriffe fertig war, die das übrige Publikum sicher verstand, schnitt sie ihm scharf das Wort ab: »Alles, was Sie gesagt haben, ist unwichtig. Am besten ist es, einem Mädchen Vergnügen zu bereiten.« Das Publikum lachte natürlich. Sie sprach fast zwei Stunden, wie davongetragen und begeistert von dem Interesse, das die arroganten Ärzte zum Ausdruck brachten. Sie hatte Dias mit Zeichnungen aus dem Kamasutra von besonderen

Stellungen. Das Publikum lachte auch über ihren dummen Akzent. Am Schluss konnte man Fragen stellen, und die jungen Ärzte wollten Ratschläge, wie man sich die Lust nach den Bereitschaftsschichten erhalten könne. Lachend versprach sie, ihre Praxis jedem Arzt zur Verfügung zu stellen, der sich in einer Pause mit seiner Frau zurückziehen wollte. »Aber keine Geliebte, okay?« Sie schmolzen vor Wonne. Das Publikum applaudierte bewundernd. Sie stieg die Stufen hinunter, jeder Schritt ließ eine Welle durch das Fett wogen. Das weiße Licht wurde wieder eingeschaltet, und alles strömte in Richtung Getränkebar.

Ich erwischte sie auf dem Weg hinaus. Sie freundete sich nicht gern mit Menschen an, wurde mir klar, nachdem wir uns kennengelernt hatten. Ich musste rennen, um sie in dem hemmenden Mini einzuholen – trotz all ihrem Fett ging sie wirklich schnell. Ich trat mit ihr auf den Gang hinaus, ich wollte ihr nur sagen, dass es mir furchtbar gut gefallen hatte. Sie drehte sich abrupt um und sagte, während mich ihr Stirnpony streifte: »Du bist ein schönes Mädchen, weißt du das?« Ich fragte, wem die Vagina auf der ersten Folie gehöre, mir fiel nichts anderes ein. »Mir, nur mir«, antwortete sie stolz, mich überragend. »Das ist sie vor zehn Jahren, als ich sie noch oft benutzte.« Ohne jede Scham erzählte sie mir von der wunderbaren Nacht, in der das Bild aufgenommen worden war. Sie sagte, ich sei die Erste, die danach fragte. Sie interessierte sich auch für mich, forschte mich aus. Ich fing an, ihr von meinem traurigen Leben zu erzählen. Leute gingen ein und aus, Marcia blockierte fast komplett den Durchgang. Die Männer hatten Angst vor ihr, sie scheuten sich, sie aufzufordern, zur Seite zu treten. So wurden wir gute Freundinnen, sie war meine erste Freundin in Haifa. Wir trafen uns mindestens zweimal in der Woche, sie holte mich mittags vom Kindergarten ab. Beharrte immer darauf, dass wir in ein Restaurant gingen. Sie kannte alle Lokale in der Stadt, und in den meisten kannte man auch sie und empfing sie freudig. Sie bestand darauf, für mich zu bezahlen. »Ich weiß nichts Besseres mit meinem Geld anzufangen, mein schönes Kind«, erklärte sie. Sie hatte Dutzende Alben vollgestopft mit Fotos, die alle ein Jahrzehnt oder älter waren. Sie war überwältigend damals, ein Prachtweib, mir ein bisschen ähnlich. Es gab auch Tausende Bilder von verschiedenen Männern, die sie gemacht hatte. Bei sich zu Hause zog sie drei Katzen auf. Sie nannte sie alle drei Muschi.

Hebron ist in Be'er-Scheva geboren, in einer sehr wohlhabenden Familie. Er wurde Hebron genannt, da die Wurzeln der Familie in dieser Stadt liegen. Ihrer Behauptung nach lebten ihre Vorfahren seit dem Bar-Kochba-Aufstand in Hebron bis zu den Unruhen dort in den Zwanzigerjahren. Hebron träumte immer davon, Arzt zu werden, das war sein Ehrgeiz im Leben. Er war der einzige Sohn (nach ihm war seine Mutter dreimal schwanger, hatte aber jedes Mal im dritten Monat einen Abgang). Ich ertrug seine nervtötenden Eltern nicht, es war eine ziemliche Erleichterung für mich, als er für die Facharztausbildung im Rambam in Haifa und nicht im Krankenhaus von Be'er-Scheva angenommen wurde. Es ist besser für uns, weit weg von ihnen zu sein, sie tun unserer Partnerschaft nicht gut. Wir trafen uns vor fast neun Jahren, als Hebron noch ein junger, kluger Student war. Ich studierte damals Pädagogik in Jerusalem, ich wollte überhaupt nicht Kindergärtnerin werden, das war ein Kompromiss, den ich schloss, als Hebron und ich heirateten. Hebron hat einen kühlen Blick und eine tiefe Bassstimme, die das Herz eines jeden, der sie hört, zum Schmelzen bringt. Er hat ein phänomenales Gedächtnis, beängstigend in seiner minutiösen Intensität. Seine Methode dabei ist: Er zerlegt die Wirklichkeit in klitzekleine Stückchen, die er dann streng chronologisch katalogisiert. Er kann mir mit Leichtigkeit sagen, welche Bluse ich bei unserer ersten Begegnung getragen habe, was der Satz war, den ich in der Sekunde, nachdem wir zum ersten Mal zusammen geschlafen hatten, gesagt habe (fast zwei Monate danach). Er behauptet, ich hätte spöttisch gesagt: »Das war alles?« Am Anfang war er wirklich nicht sonderlich beeindruckend. Hebron war nicht mein Erster. Er erinnerte sich daran, was uns jeder der Gäste zur Hochzeit geschenkt hatte, beharrte manchmal auch darauf, sich mit einem Geschenk im gleichen Wert zu revanchieren. Ich konnte diese Sitte nicht leiden – das war das Verhalten seiner Mutter, einer Frau, die mit einem endlosen Kontobuch lebt, das in ihrem Herzen eingraviert ist. Jedes Geschenk von ihr, jedes Telefongespräch, jede Geste erfolgt gemäß dieser entfremdeten Berechnung. Für Hochzeiten und übrige Feiern hat sie ein Muster von Zwängen, das kein zivilisierter Mensch je verstehen wird. Sie weicht nie auch nur um ein Komma davon ab. Es gelang mir, ein wenig von den Gesetzen zu begreifen, zum Beispiel würde sie bei einer koscheren Hochzeit, die »milchig« war, nie einen Scheck über zweihundert Schekel verschenken (das fleischlose Menü bei einer solchen Hochzeit war billiger), es sei denn, die Feiernden oder ihre enge Familie hatten bei unserer Hochzeit viel Geld gegeben – dann überschlug sie einen Durchschnittswert zwischen dem Preis des Essens und unserem Geschenk. Sie war stolz auf das System. Von dem Tag an, an dem sie mir begegnete, liebte sie mich wirklich. Sie wollte, dass ich ihr begabtes Goldstück behütete. Sie wollte auch unbedingt endlich Enkel, bevor sie zu alt würde.

Hebron hasst Marcia. Marcia hasst ihn ebenfalls, weil sie die Ärzte alle miteinander verabscheut. Sie hasst auch alle männlichen Wesen an und für sich. Sie willigte nie ein, unsere Wohnung zu betreten, sie behauptete, sie stinke nach Mann. Als Hebron seine Assistenzzeit mit Auszeichnung beendete, fingen wir an, an dem Kind zu arbeiten. Ich bin nicht mehr ganz jung, achtundzwanzig. Seit drei Jahren schlafen wir nach der Eisprunguhr zusammen, in Stellungen, die die Befruchtungschancen erhöhen. Ich wache über die Arbeitsdisziplin beim Kindermachen. An den fruchtbaren Tagen kenne ich kein Pardon für Hebron, auch wenn er hundemüde nach Hause kommt und Sex das Letzte ist, worauf er Lust hat. Manchmal, wenn er keinen Steifen hat, lutsche ich so lange, bis er ihm steht. Ich stecke fast seinen ganzen Penis in den Mund, mit den Fingern dringe ich in seinen After ein – alle Männer lieben das, aber es gibt so arme Tröpfe, die Angst haben, es zuzugeben. Wenn sein Ständer stabil ist, lege ich mich auf den Bauch, überlasse mich ihm mit leicht gespreizten Beinen, dirigiere ihn hinein, damit er nicht wegrutscht. Ich hebe den Hintern, damit er mich besser durchbohren kann. So, ohne in meine Augen zu schauen, kommt er am schnellsten (vielleicht phantasiert er von einer anderen). So ejakuliert er auch am nächsten zur Gebärmutter. Nachdem er eingeschlafen ist, liege ich reglos auf dem Rücken und spüre den Samen in meine Eileiter klettern wie eine blöde Ritterarmee. Früher wischte ich mir nach dem Sex die Reste der durchscheinenden, klebrigen Flüssigkeit mit einem alten Hemd ab, das ich unterm Bett aufbewahrte – heute ist mir jeder Tropfen wichtig, ich hebe die Beine über den Kopf und bleibe so, bis ich das Gefühl habe, dass alles in mir absorbiert ist. Hebron ist nicht bereit, in der Klinik unsere Fruchtbarkeit testen zu lassen. Ich verstehe nicht, wie ein Arzt, der in seinem Beruf schon jedes Teil im Menschen gesehen hat, so schamhaft sein kann. Meine Freundinnen an der Universität behaupteten immer, dass Hebron echt schüchtern sei. Wir wohnten damals zusammen, fünf Mädchen, Freundinnen, in einer halb renovierten Wohnung im Herzen von Pisgat Ze'ev, im Norden Jerusalems. Hebron kam immer mit den Autoschlüsseln in der Hand herein, um mich abzuholen. Er schloss die Tür langsam und sanft, wollte keinen Lärm machen, stand am Eingang und schwieg. Er wirkte erschreckt von den Mädchen und dem Tumult. Sie waren böse. Wered, meiner Zimmergenossin, machte es Freude, ihn in Verlegenheit zu bringen, das war ihr Hobby. Sie entdeckte, dass er rot wurde, wenn man ihn nach etwas Frauenmedizinischem fragte. Einmal fragte sie ihn, zum Scherz (der danach fast bis Studienende erzählt wurde), ob es in Ordnung sei, dass ihre eine Brust größer als die andere war, und dann, als er mit gesenktem Blick zu ihr sagte, dass sie es besser untersuchen lassen sollte, hob sie ihre Bluse hoch und befahl ihm, sie zu untersuchen. Ihr Busen war riesig, sie hatte rotes, glattes Haar und trug eine dicke Brille. Ohne die

Brille war sie blind wie ein Maulwurf. Wered rannte in ihr Zimmer, blökend wie ein Schaf auf der Flucht, röhrte vor bösem Gelächter, und die Mädchen lachten mit. Seit jenem Abend wartete Hebron im Auto auf mich, wenn wir uns trafen, bis wir ein Jahr nach dem Vorfall zusammenzogen, in eine bezaubernde Wohnung in Rechavia, im Jerusalemer Deutschenviertel.

Einmal im Monat, wenn ich meine Periode hatte, stritten wir, aber mein Weinen richtete nichts aus. Hebron war nicht bereit, mit mir zu einer Befruchtungsklinik zu gehen. Wered wollte den Eigentümer der Wohnung, die wir gemietet hatten, immer verklagen, denn das Gebäude war außen nicht mit dem Jerusalemer Stein verkleidet, wie es in Jerusalem gesetzlich vorgeschrieben ist. Sie studierte Jura.

Eines Nachts, als Hebron Dienst hatte, konnte ich nicht einschlafen, ich wälzte mich im Bett von einer Seite zur anderen, dann versuchte ich, den Fernseher einzuschalten. Es war schon nach eins. Wir haben keinen Kabelanschluss. Hebron behauptet, das sei Geldverschwendung. Auf dem ersten Kanal war ein leerer Bildschirm mit einem orangefarbenen Quadrat, das darüber informierte, dass die Programme morgen um sechs Uhr früh wieder anfingen. Auf dem zweiten Kanal wurde eine Symphonie von Schubert ausgestrahlt. In meiner Kindheit liebte ich klassische Musik, ich spielte auch Waldhorn (meine Eltern haben das Instrument ausgesucht). Doch in jener Nacht ängstigte mich die Symphonie, ich fühlte, wie die Noten von den sich auflösenden Rollläden herunterliefen. Ich war einen Tag vor der Periode, und ich spürte, dass sie auch diesmal garantiert kommen würde. Mir tat der Bauch weh, mir tat der Kopf weh. An dem Tag hatte ich wieder mal mit Hebron gestritten. Ich war sauer, weil er auch diese Woche drei Nachtschichten übernommen hatte, obwohl ich flehte, er solle diesmal bei mir bleiben. Ich wollte ihn neben mir.

Am Ende sperrte ich die Wohnung ab, drückte lange auf den Lichtknopf im Treppenhaus und beeilte mich hinunterzukommen, bevor das Licht automatisch wieder ausging. Erst vor kurzem haben sie in diesem Viertel eine ältere Frau vergewaltigt, eineinhalb Straßen weiter. Sie gab Nachhilfeunterricht in Englisch, und ihre Tür war offen, damit die Schüler in dem problematischen Viertel nicht draußen warten mussten. Zwei Männer, laut der Beschreibung zwei asiatische Fremdarbeiter, vergewaltigten sie am Fenster zwischen den Nachhilfestunden. Sie ließen sich Zeit und gingen dann ihres Weges. Die Nachbarn von gegenüber hörten nichts, sie hatte nicht laut genug geschrien. Sie hatte zwei Kinder, und sie waren es, die sie fanden, erstarrt wie eine Marmorstatue, ihr Kopf auf dem Tisch. Das Schweigen ihrer Mutter würden sie bis zu ihrem letzten Tag nicht vergessen. Es waren eineiige Zwillinge, die auf ein renommiertes musisches Gymnasium gingen. Sie hatte sie aus dem Viertel entfernen wollen. Ich hasste diese miese Gegend. Ich bemühte mich, in der Dunkelheit nie allein herumzulaufen. Der schauerlichste Teil war unser Treppenhaus, das nach Pisse roch, und die kleine Straße, in der wir hausten. Wenn man die Straße passiert hat, gibt es dort eine Pizzeria mit Vierundzwanzig-Stunden-Betrieb, und gegenüber ist die Hauptstraße mit dem Krankenhaus, wo die ganze Zeit Leute vorbeigehen und ich relativ sicher bin.

Zwei alte Kerle saßen in der Pizzeria, tranken Maccabi-Bier aus riesigen Literflaschen. Einer von ihnen pfiff mir nach, sie wollten Feuer, beide hatten sie erloschene Zigaretten im Mundwinkel. Sie waren stark angeschlagen, ziemlich angetrunken. Als ich versuchte, sie zu ignorieren, schrien sie mich an, als hätten sie diese Kombination eingeübt: »Wir haben dieses Viertel gebaut, wir haben damals ein Prestigeviertel gebaut, die ganze High Society hat hier am Meer gewohnt. Heute wollen sie uns nicht mal anschauen. Keine Achtung mehr.«

Als ich mich ängstlich umdrehte, zog der eine aus seinem Schoß einen zerknitterten Hundert-Schekel-Schein. Vielleicht wollte er mich für das Feuer bezahlen, vielleicht für etwas anderes. Hebron begann zu rauchen, als er seine Facharztausbildung auf der Intensivstation anfing. Ich erlaube ihm nicht, zu Hause zu rauchen. Seit ich ein Kind war, habe ich den Geruch von Zigaretten gehasst. Die Alten lachten, fielen fast von den Aluhockern. Ich überquerte die Straße zum Krankenhaus. Vor dem Eingang gibt es einen Laden mit Prothesen, Rollstühlen, Verbandszeug und Krücken. Im Schaufenster hatten sie eine Kinderpuppe mit Prothesen und Verbänden am ganzen Körper ausgestellt, die im Rollstuhl saß. Diese geschmacklose, grausame Puppe machte mich immer traurig. Das Kind sah wirklich armselig aus, vielleicht war es bei einem Anschlag verletzt worden. Ich bremste gerade noch bei dem müden Wächter am Eingang ab, mein Herz klopfte wild, ich schwitzte vor Angst. Ich hatte nur ein Sommernachthemd an. Ich erklärte dem Wächter, dass mein Mann der diensthabende Oberarzt war und dass ich herrliche Neuigkeiten für ihn hätte. Die besten der Welt. Ich wollte nicht, dass der Wächter im Krankenhaus Gerüchte von der verrückten Frau von Hebron verbreitete, weshalb ich seinen Namen nicht nannte. Auch so gibt es Leute, die ihn in der Abteilung anzuschwärzen versuchen. Bei jeder Beförderung gibt es solche Dinge, und Hebron gilt als sehr erfolgreich, sie haben Angst vor ihm. Sie schrecken vor nichts zurück. Hebron sagt, wenn ich ihre Lügengeschichten hören würde, würde ich weinen. Manchmal redet er mit mir wie mit einem hirngeschädigten kleinen Mädchen. In solchen Momenten könnte ich ihn erschießen vor lauter Kränkung. Um die Wahrheit zu sagen, ich weiß, dass ein Teil der Geschichten von Marcia stammt, die meisten sind lächerlich. Es sind Geschichten in Umlauf, dass Hebron in der Nacht immer Orgien mit zwei Schwestern und den bewusstlosen Patientinnen veranstaltet. Wenn sie seiner Karriere wirklich schaden wollten, hätten sie lieber etwas Realistischeres erfinden sollen, dass er mit einer verheirateten Krankenschwester schläft, so etwas. Das greift eher. Wenn ich nicht eine hübsche Arztfrau wäre, hätte man mir nie im Leben erlaubt, barfuß durch die Krankenhauspforten zu gehen.

Ich stieg die breite Treppe zu der Abteilung hinauf, unter meinen Füßen spürte ich die kalten rosa Fliesen. Den Weg durch den Korridor blockierten schlafende Familienangehörige der Verletzten in der Station. Sie schlummerten in sich zusammengesackt, ließen keine freie Bodenfliese zum Drauftreten, komplett angezogen. Die meisten hatten keine Matten, und der Boden war hart. In der Früh würde ihnen der ganze Körper wehtun. Es ist nicht gesund, so zu schlafen. Ein solcher Schlaf kann einen ganzen Tag ruinieren. Das Neonlicht, das die ganze Nacht brennt, und das offene Fenster störten ihren Schlummer nicht. Sie waren erschöpft vor Sorge und Liebe. Ein kalter Wind blies durch das zerborstene Oberlicht, sie erzitterten zum Teil vor Kälte, ohne aufzuwachen. Aus Versehen trat ich auf den Bart eines schlafenden Mannes. Er sah wie ein Orthodoxer aus. Er schlug erschreckt und mit Schmerz die Augen auf, sie waren blau, wirklich traurig. Stumm fiel er in seinen schwankenden Schlaf zurück. Die schwarze Kipa war auf die Fliesen gefallen, entblößte eine leichte Glatze. Die Kipa stach hervor, schwarzseiden auf staubigem Rosa. Ich hoffte, er war mir nicht böse. Ich wunderte mich, dass er mir nicht unters Hemd geschielt hatte. Jeder andere Mann in einer solchen Situation, ich über ihm, nur im weiten Nachthemd, hätte aber auch garantiert einen feuchten Blick riskiert. Vor der Hochzeit (Hebrons Eltern bestanden auf einer ordnungsgemäßen religiösen Trauung) ging ich in die Mikwe, wegen dem rituellen Bad, und die Rabbinerin, alt und verbraucht, befahl mir, mich vollständig auszuziehen, damit sie untersuchen konnte, ob ich irgendeinen disqualifizierenden Makel an mir hätte. Sie stopfte mir auch einen Lappen ins Loch, um sich zu vergewissern, dass ich die Wahrheit sprach und keine Periode hatte (ich weiß nicht, wie sie glauben konnte, dass ich eine koschere Jungfrau sei). Ich ging allein zur Mikwe, ich wollte nicht, dass man mich dabei sah, ich habe meinen Stolz. Nach dem Untertauchen im modrigen Wasser erklärte sie mir die Gesetze, hauptsächlich die Tage der Unreinheit. Mir standen Tränen in den Augen. Ich hasse Orthodoxe, mehr sogar, als ich Araber hasse.

Ich betrat die Station. Zu meiner Überraschung hatten sie in jener Nacht wieder vergessen, die gewaltigen Stahltüren abzusperren. Hebron mag es nicht, wenn ich ihn besuchen komme, wenn er mitten in der Schicht ist. Die Intensivstation ist sein Reich in der Nacht. Es gibt keine Fenster im Inneren der Abteilung. Die Lichter waren fast völlig abgedunkelt, nur eine gelbe Glühbirne brannte noch an dem breiten Resopaltisch, auf dem der Computer stand, neben den Ruhe- und Aufsichtsecken der Ärzte und Schwestern. Die Gesichter der Sterbenden wurden von dem bläulich stoischen Licht der Monitore der Überlebensmaschinen angestrahlt. Die Maschinen pfiffen auch jede Minute, meldeten dem Personal, dass alles seine Ordnung hatte. Hebron war nicht an der Theke. Halb schlafend, das Gesicht auf den Tisch gedrückt, befand sich eine Schwester dort, um einiges älter als der Rest des Personals, fast in Marcias Alter. Sie versprühte eine Speichelbahn auf die holzimitierende Beschichtung. Durchfeuchtete die Seiten des Stationsprotokolls, feuchte Tinte auf ihrem Gesicht verschmiert. Sonst war immer Hebron an der Theke. Leise schritt ich in den Personalraum, um nachzusehen, vielleicht hatte sich Hebron in die warmen Eisenbetten dort schlafen gelegt. Laut Vorschrift ist die Abteilung in der Nacht mit einem Arzt und zwei Krankenschwestern besetzt. Der Personalraum war menschenleer, kein Hebron. Wohin konnte er während der Nachtschicht verschwinden? Ich schlich leise wie eine Katze hinaus, ich hatte keine Lust, die dösende Schwester aufzuwecken. Ich kannte sie gut, Bracha hieß sie, wirklich eine Frau mit einem goldenen Herzen. Hebron verbindet eine alte Freundschaft mit ihr seit seinen ersten Tagen auf der Station, sie war die Einzige, die freundlich zu ihm war. Sie war geschieden, ihr Mann, die Ratte, hat eine Frau geheiratet, die jünger ist als ich. Sie hat allein zwei Mädchen, Zwillinge, ein Dutzend Jahre großgezogen. Ich bin mit Hebron zu der doppelten Bat-Mizwa gegangen, sie feierten in einem der großen Festsäle am Karmelstrand, im Sommer, richteten die Feier direkt am Meerufer aus. Wir saßen am Tisch mit den ganzen Stationsärzten, die Tischbeine berührten die Wasserkante, das Meer war damals flach und ruhig und mit blutroten Lampions beleuchtet. Hebron und zwei weitere Kollegen betranken sich am Anfang des Abends mit den Cocktails und versuchten, sich ins Meer zu stürzen, um ein nächtliches Nacktschwimmen zu veranstalten. Sie kotzten über die Kellner, die sich bemühten, sie von dem peinlichen Unternehmen abzuhalten. Nachher, schon im Auto, wusch ich sein Gesicht, damit er nüchtern würde. Er weinte. Zehn Verwundete von dem Terroranschlag am Miron-Straßenkreuz waren Anfang dieser Woche bei ihnen auf der Station gelandet. Sie hatten drei von ihnen verloren. Hebron erzählte mir entsetzt mit alkoholdünstendem Flüstern, dass ihn die Geister der Toten von dem Anschlag in der Station heimsuchten. Er gab sich die Schuld an ihrem Tod, weinte wie ein kleiner verletzter Junge an meiner Brust, als wir schlafen gingen. Wenn ich keine Periode habe, schlafe ich völlig nackt. In jener Nacht erlaubte ich ihm, in meinem Mund zu kommen. Es war echt ekelhaft, das Sperma verteilte sich im ganzen Rachen, schmeckte salzig und faulig. Seit zehn Jahren bettelt er, dass ich ihn in meinem Mund spritzen lasse wie in den Pornofilmen. Der Geschmack von versalzenem Begele nach

Ablauf der Haltbarkeitsdauer, das ist exakt der Geschmack. Ich ging in die Dusche, um auszuspucken, steckte einen Finger in den Mund, um zu kotzen. Nachdem ich sicher war, dass ich alles herausgebracht hatte, putzte ich mir die Zähne mit seiner Zahnbürste, damit er beim Aufstehen am Morgen den Geschmack spüren würde. Doch es fiel ihm nicht auf. Er erwachte hübsch wie immer, mit gewaltigem Kopfweh, und eilte zu einer weiteren Schicht. Wenn er es in der Früh eilig hat, putzt er sich nicht die Zähne und rasiert sich nicht. Männer mit Partnerinnen müssen sich aber rasieren, sonst kratzt man sich auf. Wenn sich Hebron nicht rasiert, verletzt die Reibung der Bartstoppeln beim Küssen meine Haut, bis mein Gesicht ganz rot wird.

Fast eine halbe Stunde in der Nacht saß ich draußen vor den Stationstüren, bis mich die Kälte zu stören anfing. Ich fühlte mich seltsam. Ich hätte nie im Leben vermutet, dass Hebron mich betrügt, er ist zu verliebt in mich. Er kann nicht ohne mich leben. Obwohl er sich in letzter Zeit so verhält, als habe er genug davon, mit mir zu schlafen. Als ob ich ihn anwiderte und er sich vor mir fürchte. Vielleicht verschwendet er darum seinen Samen an andere Frauen, und wir haben keine Kinder. Ich weinte wieder. Ich wagte es nicht, allein in die leere Wohnung zurückzukehren, ich wusste tief im Inneren, dass mir diese Nacht noch etwas Schlimmes passieren würde. Ich ging die Treppen hinunter, hielt mich am Geländer fest, um nicht auszurutschen, der Hunger schwächte mich von innen. Ich fühlte mich hilflos, wie ein gefangenes Tier im Netz des Jägers. Plötzlich entdeckte ich Marcia. Sie trug einen langen grauen Regenmantel, der ihre Fettmassen nur betonte, und eine

Sonnenbrille. Ich rief sie, aber sie hörte mich anscheinend nicht. Sie setzte ihren fettleibigen Lauf fort. Ich rannte ihr nach. Sie war mein Rettungsanker in dieser Nacht. Als hätte Gott sie hierhergeschickt. Ich konnte nicht auf sie verzichten. Ich rannte schreiend die Stufen hinunter, bis ich mit einem Schlag ausglitt und fiel. Als ich aufwachte, war Marcia neben mir, lüftete die Sonnenbrille. Vielleicht dachte sie, dass ich sie sonst nicht erkennen würde. Ich sah, dass ihr rechtes Auge geschwollen war und tränte. Mein Kopf lag auf ihrem Schoß. Vielleicht phantasierte ich wegen des Aufschlags, doch ich roch Samen von ihren Schamteilen her, durchtränkt vom Geruch nach fauliger Frau. Ich konnte nicht mehr sprechen.

Sie führte mich in ihre Praxis. Der Geruch nach dem Aftershave eines Mannes hing im Raum. Die Lampe brannte noch. Marcia bettete mich auf ihre Behandlungsliege. Sie murmelte: »Du hast einen gehörigen Schlag abgekriegt, meine Süße … ich werde dich behandeln … schon seit ich dich kenne, wollte ich dir was erzählen … ich habe einfach noch nicht den Mut gefunden … jetzt muss ich … ich darf dich nicht anlügen, meine Süße.« Die Liege war violett und weich. Ich hatte die Kante der Treppe unter der rechten Schläfe abbekommen. Marcia legte Tücher mit Eis auf die Beule. Sie fing an, mir mit ihrer lustigen Stimme alles zu erzählen, die manchmal tief und sinnlich war und dann plötzlich kreischend und schrill wurde. Ich schloss die Augen, ich erinnere mich nicht genau, wann sie nicht mehr völlig nackt war mit all ihren Fettmassen.

»Alles hat vor zehn Jahren angefangen, als ich noch schön war, eine geile Frau, damals arbeitete ich noch als

Surrogat für meine Patienten. Ich wollte, dass sie das Beste bekamen. Die meisten hatten Probleme mit vorzeitigem Erguss oder Impotenz. Ich schlief mit ihnen, gab ihnen Sicherheit. Alle bei mir wurden geheilt und kehrten glücklich zu ihrer Frau zurück. Ich liebte es, das zu machen.

Die Männer, die hier bei mir hereinkamen, hatten Angst vor mir und machten, was ich ihnen sagte. Einmal habe ich eine Frau behandelt, heute ist sie in der Krankenhausleitung, ich leckte ihre Vagina, damit sie lernte, sie zu genießen, ihre Muschi zu lieben. Danach schickten sie und ihr Mann mir Blumen, sagten mir vielen Dank. Alles war in Ordnung, ich fing auch an, Sexualkundeunterricht im Gymnasium abzuhalten. Aber nur für Mädchen. Ich machte einen Spiegel auf den Boden hinter einem Wandschirm, wie bei Wahlen, und sie traten der Reihe nach dahinter, um sich ihre Vagina anzuschauen und sie zu lieben. Bis Dr. Beni in die Praxis kam. Er log mich an, sagte zu mir, er sei impotent, und er konnte lügen, ich glaubte ihm eine Menge. Ich verabredete mich mit ihm in der Nacht nach einer Schicht, seine Frau sollte es nicht wissen. Sie haben vier Kinder. Der Große ist heute auch Arzt hier. Beni ist meiner Meinung nach heute schon fünfundfünfzig. Er war nicht bereit, mir zu verraten, in welcher Abteilung er war, vor zwei Jahren wurde er befördert, und jetzt ist er Referatsleiter. Ein brillanter Junge, sagt man. Damals kam er also in der Nacht, zog sich auf dem Sofa aus, legte seine Kleider ordentlich gefaltet zusammen. Er hatte überhaupt kein Problem mit dem Penis, der stand ihm wunderbar, aber er war ziemlich klein, wenn auch sehr dick. Obwohl er mich angelogen hatte, schlief ich mit ihm, und er bestand darauf, die Behandlung bar zu bezahlen. Es war großartiger Sex, abgesehen davon, dass ich nicht kam. Am Ende zog er sich mit einem Schlag raus, freute sich daran, dass er meine Vagina zum Furzen brachte, lachte wie ein bösartiger Junge. Über mich. Sagte zu mir, jetzt bist du in mich verliebt. Ich verlange, dass du sofort aufhörst, mit anderen Männern zu schlafen, von jetzt an bist du meine Melkkuh, und dann würgte er mich plötzlich am Hals und drohte, ich solle es ja nicht wagen, ihm entkommen zu wollen. Er war der schlechteste Mensch überhaupt. Und er hatte wirklich recht, ich war in ihn verliebt, ich versuchte, andere Männer oder Frauen zu behandeln, aber es gelang mir nicht. Er kam einmal in der Woche, immer nur in der Nacht, zu mir, damals fing ich auch an, dick zu werden. Manchmal kam er einen Monat lang nicht. Immer machten wir es in der Praxis, und immer war es stark und gut. Es war ihm egal, dass ich dick wurde. Manchmal redete er kein Wort mit mir, packte mich nur, zog mir die Hose von hinten herunter, spreizte mir die Beine, um einzudringen, und kam mit immenser Kraft, in mir zitternd. Wenn ich nicht gut war, schlug er mich heftig, damit ich es lernte. Ich dachte bloß noch an ihn, wollte ihn, er ist wie der Tod für mich. Er bringt immer noch junge Ärzte in der Nacht her, die es schon müde sind, mich zusammen mit ihm zu ficken. Er liebt es zu sehen, wie sie in mich eindringen, er holt seinen Penis raus und onaniert, und wenn sie gekommen sind, jagt er sie davon, bleibt allein mit mir und leckt mir die Muschi und das Sperma ab. Er sagt, nachdem ein anderer Mann in mir war und mich abgefüllt hat, macht es am meisten Spaß, mich zu vögeln. Er ist die Liebe meines Lebens, das weiß ich, Kindchen, und ich weiß, was

Liebe ist. Jedes Jahr verspricht er wieder, dass er sich von seiner verwelkten Frau scheiden lässt, aber er verspricht es nur. Wenn er nicht kommt, onaniere ich mit ihm im Traum. Ich liebe ihn.«

Ich bremste den Fluss ihrer Geschichte für einen Moment, ich musste kotzen. Marcia brachte mir eine silberglänzende, saubere Schale. »Du hast einen ernsthaften Schlag abgekriegt, Kindchen, man muss dich in die Ambulanz bringen, vielleicht hast du eine Gehirnerschütterung.« Sie half mir, mich wieder hinzulegen, streichelte zart meine Gesichtshaut mit dem Handrücken. Sie strahlte glühende Hitze aus. Im Mund hatte ich den Geschmack von warmem Blut, vielleicht hatte ich mir bei dem Sturz auch einen Zahn abgebrochen. Draußen herrschte immer noch Dunkelheit. Diese verfluchte Nacht weigerte sich, zu Ende zu gehen. Ich wollte Hebron umarmen und ihm sagen, dass ich schwanger war. Aber Marcia ermöglichte es mir nicht. Ich wollte ihm erzählen, dass ich ihm verzieh, alles, wie er mich betrogen hatte, und noch dazu mit Marcia, meiner Freundin. Alles würde neu beginnen. Hebron, du bist der Vater des Kindes in mir. Ich spürte bereits, dass es männlich sein würde. Ich wusste, sein Name wird Absalom sein.

»Es heult der Schakal da draußen,
und ein Wind bläst dort vorbei«

Es war am Schabbat, ein Winterabend. Auf der Strandpromenade war alles geschlossen. Den Laden von Gigi oder, wie auf dem Schild in Englisch geschrieben steht, »G-Spot« hatten sie noch nicht aufgemacht, und mir waren die Zigaretten ausgegangen. Wir waren am Schabbat bei deinem Vater, sein Wagen war wieder kaputt, wir gingen zu Fuß vom Zug aus. Ich rauchte eine Menge an jenem Schabbat, kämpfte wieder mit mir, ob ich die Arbeit aufgeben sollte. Du hattest es noch nicht gewagt, deinem Vater davon zu erzählen, dass wir vor einem halben Jahr in Zypern geheiratet hatten. Er war ein konservativer alter Mann, Witwer, bösartig und verlassen. Als wir gerade erst zusammen waren, warntest du mich vor ihm. Du hast zu mir gesagt, dass deine früheren Freunde gezwungen waren, im Wohnzimmer zu schlafen, ohne dich, wenn sie zu deinen Eltern nach Hause kamen. Du hattest mehr als zehn ernsthafte Freunde vor mir, ich will gar nicht wissen, mit wie vielen Männern du geschlafen hast. Du hast mir immer noch nicht verziehen, dass ich dich zwang, einen Aidstest machen zu lassen, bevor ich frei und ungeschützt, ohne Kondom, mit dir schlief. An jenem Tag hätten wir uns fast getrennt, aber eigentlich haben wir uns schon oft beinah getrennt. Fast einmal pro Woche bin ich sicher, das ist das Ende, wir trennen uns, wir passen vielleicht wirklich nicht zusammen, weißt du. Manchmal fange ich an darüber nachzudenken, wie mein Leben ohne dich aussehen würde. Die meiste Zeit ist es in meinen Gedanken weniger gut, doch manchmal habe ich Lust auf ein Leben allein. Manchmal sehne ich mich nach meiner Freiheit. Ich weiß sehr gut, dass diese Freiheit, die momentan wunderbar erscheint, sich in Windeseile in unerträglich grauenhafte Einsamkeit verwandelt. Ich denke, ich bin einer der Menschen, die für ein Leben in Partnerschaft bestimmt sind. Ich war nie unter zwei Jahren mit einem Mädchen zusammen (vor dir war es Lilach, und wir waren ungefähr vier Jahre zusammen).

Wir kamen am Freitag gegen Mittag in Haifa an, du wohntest im letzten Haus der Hauptstraße von Bat Galim, in der ganzen Straße roch man die Algen und das Meer. Die Feuchtigkeit und die Gischt der Brandung ließen alles in der Gegend, was eisenhaltig war, verrosten. Sogar die Blätter der Pflanzen waren mit einer ekelhaften Schicht von ölig-klebrigem Salz überzogen. Ich schleppte die meisten Taschen, wir mussten massenhaft Ausrüstung mitnehmen, das Haus deines Vaters war nicht auf die Übernachtung eines Paares eingerichtet. Zur Sicherheit karrten wir Besteck und zwei Teller an, du warst nicht sicher, ob der Alte genug für uns hatte. Wir wollten den ersten Zug nehmen, um das Gewühle zu vermeiden, doch wir wachten nicht auf vom Wecker. Am Freitagmorgen sind die Züge bis zum Anschlag mit Soldaten vollgestopft. Ich hasse es, Zug zu fahren, denn es ist verboten zu rauchen – bei einer Reise von fast vier Stunden werde ich beinah wahnsinnig. Ich finde, im Staat Israel müsste ein Gesetz gegen überfüllte Züge verabschiedet werden: Es gibt zu viele Holocaustüberlebende, die hier leben, eine solche Fahrt kann üble alte Gespenster wecken. Der Zug, den wir schließlich erwischten, war dermaßen vollgepackt, dass ich für einen Moment die Vorstellung hatte, wir würden zusammengepfercht nach Theresienstadt fahren. Uns gegenüber saßen zwei Soldaten (an ihrem roten Barett erkannte ich, dass sie »Fallschirmler« waren). Der lautstarken Unterhaltung der »Fallschirmler« entnahm ich, dass sie aus Hebron zurückkamen, und sie taten wirklich alles, damit die zusammengequetschte, gestresste Menge auch erfuhr, dass sie gerade aus Hebron zurückkamen. Ich weiß, dass dich Gespräche von schreienden Soldaten traurig machen. Du hattest Angst, der Embryo in deinem Leib könnte zu einem männlichen Wesen und Soldaten heranwachsen. Du sagtest immer, »die Soldaten sind am allerdümmsten«. Die Soldaten schielten mit brennendem Verlangen nach dir. Jeder Mann, der dich sah, wurde irrsinnig geil, obwohl du nicht die schönste Frau der Welt bist. Du strahlst Sinnlichkeit aus, du hast den attraktivsten Geruch der Welt. Von unserer ersten Begegnung habe ich hauptsächlich deinen Geruch in Erinnerung. Du trugst große, silberne Ohrringe, auch an die erinnere ich mich. Wir fuhren mit einem neuen roten, zweistöckigen Zug, der die Strecke von Be'er-Scheva nach Haifa in zweieinhalb Stunden zurücklegt, wenn er keine Verspätung hat (normalerweise halten ihn die Ärsche von der Bahngesellschaft immer auf – die Mentalität eines arabischen Staates).

Wir stiegen schwerfällig mit den Taschen aus dem Zug, und ich zündete mir sofort eine Zigarette an. Ich hatte dir versprochen, wenn das Kind geboren würde, so Gott wollte, würde ich zu rauchen aufhören. Ich will wirklich kein rauchender Vater sein. Meine beiden Eltern rauchten in meiner Kindheit. Hauptsächlich wenn sie sich gestritten hatten, füllte sich das Haus immer mit einer feuchten, stickigen Rauchwolke. Ich erinnere mich an einen Abend, als mein Vater aus Eilat zurückkehrte (er hatte damals sein Ingenieurbüro gerade erst aufgemacht, er arbeitete in Eilat und kam nur an den Wochenenden mit einem staubigen Lieferwagen zurück, er baute drei riesige Hotels dort). Es war Donnerstagnacht, fast Mitternacht, als er heimkam. Meine Mutter wartete erschöpft auf ihn. Sich um drei Kleinkinder zu kümmern erdrückte sie. Ich, der Älteste, lag noch wach im Bett, zugedeckt, wartete gierig auf den kratzigen Bartstoppelkuss meines Vaters auf meiner Wange. Noch bevor er den Koffer abstellte, achtete er immer streng darauf, durch die zwei Zimmer zu gehen, in denen wir schliefen, und jeden von uns mit einem Kuss und einer Umarmung zu bedenken. In jener Nacht gelangte er nicht bis in mein Zimmer. Meine Mutter erwartete ihn in der Küche sitzend, sie stand nicht zu seinen Ehren auf. Ich hörte das Klirren des Schlüsselbundes und wie sich die Tür öffnete. Danach Stille. Nicht einmal Vaters schwere und müde, aber fröhliche Schritte hörte ich – offenbar verharrte er auf der Stelle. Dann warf er den Koffer donnernd auf die rauen Bodenplatten und knallte die Tür zu. Meine Mutter wurde böse, wenn wir die Tür nicht zusperrten. Sie war schwach. Ohne meinen Vater neben sich fühlte sie sich verletzlich und hilflos. Sie hatte ihn zwei Wochen nach ihrer Entlassung aus dem Militärdienst geheiratet, sie war noch keine Zwanzig. Ich wurde geboren, als sie einundzwanzig war. Sechs Jahre jünger, als ich heute bin, und schon Mutter. Sie liebte Vater.

Er fragte sie brüllend (wenn er nichts Besseres wusste, schrie er): »Warum stehst du nicht auf und umarmst mich?« Da sagte sie, mit sich windender Stimme, zu ihm, sie wisse, dass er sie dort in Eilat betrüge, Karmela, die Nachbarin von gegenüber, habe ihn in den Armen irgendeiner Blondine auf der Strandpromenade in Eilat gesehen, als sie vor einer Woche zur Erholung dort hingefahren war. Eine sexuelle Umarmung, betonte sie, flüsternd, fast eingeschüchtert von ihm. Mein Vater versuchte nicht, es abzustreiten. Auch meine Mutter schrie und weinte. Beide rauchten und rauchten; und weinten. Chen, meine Schwester, die damals zwei war, wachte heulend auf. Meine Mutter ging sie beruhigen. In der Küche zerbarst ein Glas mit dumpfem Klirren auf dem Boden. Ich spürte den Zigarettenrauch wie einen Geist in mein Zimmer eindringen, zwischen die Decken wandern und mich ersticken. Ich wollte keinen Lärm machen, ich hatte entsetzliche Angst, sie würden merken, dass ich wach war. Es gelang mir nicht zu atmen, ich hustete und würgte. Ich erinnere mich klar und deutlich an die Empfindung meines in dieser Nacht so ungeheuer nahen Todes. Jeden Moment konnte ich blau angelaufen sterben. Auch ich schluchzte. Sie hörten mein schweres ersticktes Husten nicht. Meine Mutter kehrte in die Küche zurück, und sie stritten wieder und fluchten, aber flüsternd. Sie versuchten wirklich, jetzt leise zu sein, doch alle paar Augenblicke vergaßen sie sich, brüllten und weckten mich wieder auf. Mir schien, als würde diese verfluchte Nacht nie zu Ende gehen. Und dann schwiegen sie und rauchten. Meine Mutter schlurfte ins Schlafzimmer, mein Vater schaltete laut das Radio ein. Gespräche aus dem Radio erfüllten das dunkle

Wohnzimmer. Ich hörte, wie er sich noch eine Zigarette anzündete. Ich erwachte als Erster in der Wohnung, immer noch aufgeregt von der Szene mit Vater. Er trug noch die Arbeitskleidung, schlummerte auf dem gelben Sofa, seine Füße mit den Schuhen voller Baustellendreck auf den Glastisch gelegt. Die Wohnung war mit überquellenden Aschenbechern und leeren, wütend zerquetschten Time-Schachteln übersät. Ich erinnere mich, dass ich Mitleid mit meinem Vater hatte. Ich schob mich leise, um ihn nicht zu wecken, neben ihn. Im Schlaf legte er seine schwere Hand auf meine Schulter und umarmte mich. Ich schlief nicht. Ich wollte, dass die Zeit stehenblieb. Dass der Augenblick nie vorüberging. Am Schluss versöhnten sie sich und umarmten sich, fast eine Stunde standen sie eng umschlungen in der Küche beieinander, alle zwei schlampig und todmüde. Mich schickten sie vor der Schule zum Laden, um Zigaretten zu holen. Sie sind bis heute zusammen.

Wir stiegen am alten Bahnsteig aus, du sahst nervöser aus als sonst, ich hatte schon gelernt, nicht zu fragen. Ich stelle immer dermaßen viele Fragen. Ich hatte dir noch nicht erzählt, dass ich im Begriff war zu kündigen. Ich schätze, ich wartete auf den richtigen Moment. Du hast es nie zugegeben, aber ich weiß, dass du deinen Vater hasst. Seit deine Mutter starb, ist er der einzige Familienangehörige, der dir geblieben ist. Die Sonne draußen schien grell. Der Parkplatz außerhalb der Bahnstation war brechend voll. Dieser Parkplatz machte mich traurig. Alle meine bisherigen Freundinnen haben mir gesagt, ich sei zu empfindsam. Ich weine auch bei Werbespots und wenn der Held im Kino stirbt. Als wir aus der kleinen Straße auf die Hauptstraße hinaustraten, gegenüber dem Rambam-Krankenhaus, rannte eine junge Frau in uns hinein. Sie war sehr hübsch, hatte den Zauber kindlicher Unschuld, doch sie war wohl ungefähr in unserem Alter. Sie hatte bloß ein schwarzes Nachthemd an, das fast ihre ganzen Beine freiließ. Sie lief barfuß herum, und ihre Fußsohlen waren ekelhaft schwarz. Sie war über der rechten Schläfe verletzt, hatte ein rotblau geschwollenes Auge. Sie sah nicht verrückt aus, bis sie plötzlich deine Hand mit ihrer verschränkte und mit der fröhlichen Stimme eines Geburtstagskinds zu reden anfing. Sie beglückwünschte dich zu dem Kind. Damals sah man noch überhaupt keinen Bauch bei dir, weiß Gott, wie sie es gemerkt hatte. Dann zog sie deine Hand an ihren Bauch und fragte dich, ob du ihn fühlen würdest. Als du sagtest, du würdest ihn fast treten spüren, brach sie in perlendes Gelächter aus und spurtete im Laufschritt davon. Schrie uns rückwärts gewandt zu, Hebron muss es sofort wissen, überglücklich hüpfend. Sicher hatte dieser Hebron sie so zugerichtet, ich verspürte den Drang, diesen Hebron dafür zu verprügeln, dass er eine so schöne Frau verrückt machte. Bis zu diesem Moment hatte ich deine Geschichten über die Verrückten nicht geglaubt, die deine Kindheit in diesem Viertel geprägt haben. Ich dachte, du würdest übertreiben, um mich zu amüsieren, doch die Gleichmütigkeit, mit der du die überdrehte junge Frau hinnahmst, bewies, dass alles, was du mir in den langen, wunderbaren Nächten des Anfangs nach dem Sex im Bett ins Ohr geflüstert hattest, die blanke Wahrheit war. Ich liebte jene siedenden, schönen Nächte. Fast so, wie ich dich liebte. Manchmal hatte ich das Gefühl, dass sich noch ein menschliches Wesen im Raum befand, unserem verliebten nächtlichen Gerede zuhörte. Hätte ich uns damals doch nur aufgenommen, mir die Augenblicke für die härteren Tage abgenutzter Liebe bewahrt.

Wir kamen schweißgebadet bei deinem Zuhause an, keuchend von vier Stockwerken Treppensteigen. Ich verstehe nicht, wieso sie noch keinen Aufzug eingebaut haben. Eine Nachbarin erkannte dich. Sie trat gerade aus ihrer Wohnungstür, der Geruch nach auf dem Herd simmernden Schabbatgerichten stahl sich mit ihr heraus. Zwei Kleinkinder kamen aufgereiht hinter ihr zum Vorschein, verklebt und triefnasig. Ich roch, dass sie Huhn kochte, der Geruch verursachte bei mir abgrundtiefen Brechreiz. Sie freute sich sehr, dich zu sehen, daran erinnere ich mich. Sie erzählte, dass alle Nachbarn dachten, bei deinem Vater sei etwas nicht in Ordnung. Spätnachts hörten sie Schritte von energischen Menschen, die zu ihm hinaufstiegen, fast rannten. Ihrer Meinung nach waren das Ärzte. Sie alle hatten Angst vor deinem Vater, er hütete seine Privatsphäre mit nahezu prophetischem Fanatismus. Du riefst ihn mit strenger Regelmäßigkeit einmal pro Tag gegen acht Uhr abends an und fragtest, wie es ihm ging, eure Gespräche waren kurz und kühl. Als würdest du mit einem Vorgesetzten in der Armee reden. Auch das wagte ich nicht, dir zu sagen, ich fürchtete mich wirklich vor Auseinandersetzungen mit dir. Sie taten mir weh.

Freitags arbeitete ich nicht. Der zusätzliche freie Tag war fast der einzige Vorteil an meiner Arbeit. Wenn keine Besorgungen zu machen waren, gingen wir Freitagvormittag Hand in Hand in den Straßen von Be'er-Scheva spazieren, warfen einen verschämt stolzen Blick auf den Rest der Stadtbevölkerung bei ihrer Flucht. Sie schleppten überquellende, fast platzende Plastiktüten vom Markt, gingen zu Fuß, sparten das Geld fürs Taxi. Sie sahen immer traurig aus, als ob der Schabbat für sie eine Last sei. Ich arbeitete in einer kleinen Schreinerei in der Stadt, und ich hasste jede Minute, jeden Morgen, jeden Tag. Besonders hasste ich den Boss, Avram. Fünfzig, wie du aus Bat Galim, was der Hauptgrund war, weshalb er mich eingestellt hatte, obwohl ich überhaupt keine Vorbildung oder Erfahrung im Schreinern besaß. Außer mir beschäftigte er zwei Beduinen. Sie hießen Ahmad und Jasser. Es waren Brüder, und sie wohnten in einer riesigen Blechbaracke, fast wie ein Lastwagen, mit der ganzen Familie, in der Industriegegend bei Ramat Chovev. Ihre Augen waren dauernd rot von der Bromwolke. Die Polizei hielt sie immer auf, weil sie dachte, sie seien auf Drogen wegen ihrer Blutaugen. Sie waren groß gebaut, fast Riesen, und zweimal so stark wie ich. Sie hatten bei Avram zu arbeiten angefangen, als sie zehn waren. Er tat ihrem armen Vater einen Gefallen – er war Avrams Späher in der Armee gewesen. Sie hassten mich beide, denn sie waren sicher, dass Avram mich eingestellt hatte, um einen von ihnen rauszuwerfen. Um die Wahrheit zu sagen, sie hatten recht, denn Avram versäumte nicht, mir jeden Tag klarzumachen, dass er die Absicht hatte, in dem Moment, in dem ich die Arbeit des Schrankzusammenbauens gelernt hätte, den verträumten und dummen Ahmad zu entlassen. Sie versuchten, sich an mir zu rächen, versteckten Werkzeug wie Nägel oder die große Säge und schrien mich dann wütend an, ich sei der Letzte bei der Arbeit gewesen und hätte sie verschlampt. Avram glaubte ihnen immer und gab mir brüllend die Schuld. Er schrie auch dauernd seine Frau und die Kunden an, aber hauptsächlich mich. Er behauptete, ich sei dämlich, ich müsse lernen, »die Arbeit zu leben«. Ich habe keine Ahnung, was er damit meinte. Unser kleiner Betrieb war immer unordentlich, Sägespäne bedeckten den klebrigen Betonboden, Werkzeug lag dauernd auf Haufen geworfen herum. Ich war den Beduinenbrüdern nicht böse. Sie waren arm und hatten ihre eigenen Probleme und eine weitverzweigte Familie zu ernähren. Avram Baruch, der immer fröhlich donnernd wie ein beschränktes Kind furzte, unorganisiert und grauenhaft wirr war, hasste ich. Ich hasste ihn bis aufs Blut. Mindestens einmal am Tag hätte ich fast meine Hände erhoben, um ihn totzuprügeln. In meiner Phantasie sah ich oft vor mir, wie ich ihm den Kopf abriss, seine Glieder zu Brei schlug. Doch ich konnte mich immer bremsen.

Ich war nicht der Sohn eines Schreiners aus einer Schreinerfamilie. In meinem Beruf hatte ich verhaltensauffällige Kinder behandelt, mit einer Methode, die auf dem Streicheln von Tieren und ihrer Pflege beruhte (es gibt eine große Auswahl, von Pferden über Hunde bis zu Leguanen, zu jedem Kind passt ein anderes Tier). Aber ich fand keine Arbeit auf dem Gebiet, und ich musste uns beide ernähren. Wenn du deine Ausbildung beendet hast und diplomierte Krankenschwester bist, kann ich vielleicht anfangen, in meinem Beruf zu arbeiten, hoffe ich. Avram zahlte mir einen Fixlohn, keine Überstunden, seine Haare waren gelockt, trocken, fast bröselnd. Er lief herum wie ein Penner, das Hemd hing ihm halb aus der rutschenden Hose.

Rauchte mehr als ich. Der Anblick seiner Person am Morgen verursachte mir Übelkeit in der Seele. Am Tag davor hatte ich mit ihm gestritten. Er war zwanzig Jahre Berufssoldat gewesen, ein debiler Offizier bei der Golani-Truppe. Er war Kommandeur einer Blitzeinheit im Jom-Kippur-Krieg, als sie den verbrannten israelischen Berg Hermon, entblößt von Schnee, eroberten. An den Wochenenden fuhr er mit seiner zweiten Frau Susi immer nach Eilat. Wenn er nicht gerade schrie, hatte er eine weinerliche, mitleiderregende Stimme.

Dein Vater freute sich, uns zu sehen. Er hatte uns zu Ehren die violette Kappe aufgesetzt (er war sicher, dass dieses Käppi der letzte Schrei war). Er hatte sich sogar gewaschen und sein spärliches weißes Haar gekämmt. So wie er sich für die Schabbattage immer herausputzte, an denen er in der Synagoge des Viertels sang. Vor fünf Jahren war er der Solist in der Kantorengesangsgruppe der Synagoge geworden. Dank seiner dunklen vollen Stimme hatte diese Gruppe internationalen Ruf erlangt. Jüdische Gemeinden in der Diaspora luden sie ein, aufzutreten und die Festtagsgebete Israels musikalisch auszuschmücken. Dein Vater ging einmal mit ihnen auf Auslandstournee, verließ sie aber wütend und zahlte seinen Rückflug von Polen selbst, als er entdeckte, dass man ihnen nichts von dem Auftritt in der Münchner Synagoge am Vorabend von Jom Kippur erzählt hatte. Er hatte vor Gott geschworen, niemals deutschen Boden zu betreten. Er beabsichtigte nicht, den Nazis zu verzeihen. Er war kein Holocaustüberlebender, er war in Israel geboren, in einer verbeulten Blechhütte im Ma'ajanviertel von Haifa. Er war einer der glühenden Anhänger Menachem Begins, schon mit zehn Jahren war er im aktiven Nachwuchs der zionistisch-revisionistischen Beitar-Jugend in der Stadt, verteilte in der Nacht Flugblätter – »Wir werden den Untergang der Altalena nicht vergessen« – in Briefkästen. Ein Holzplättchen von der Beitar, signiert von Menachem Begin, seinem Gott, stand im Zentrum einer polierten Glasvitrine im Wohnzimmer.

Hochgewachsen, karg, stolz. Einmal geriet ich aus Versehen mit ihm in eine politische Diskussion, wir brachten uns gegenseitig fast um vor Wut. Ich hatte schon Angst, ich würde ihm gleich einen Herzinfarkt bescheren. Ich lernte, ihm schweigend und mit knirschenden Zähnen zuzustimmen. Ein anderes Problem entstand immer beim Thema Essen: Er weigerte sich, die Tatsache zu akzeptieren, dass ich Vegetarier bin. Wie aus Versehen schob er mir immer einen ekligen Klumpen Fleisch auf den Teller. »Ein Mann muss Fleisch essen«, erklärte er mir. »Wie willst du sonst arbeiten? Wie willst du eine Familie ernähren?« Er war schon ein alter Mensch. Auch der Tod deiner Mutter, die zwanzig Jahre jünger war als er, hatte nicht gerade zu seiner Gesundheit beigetragen. Zum Mittagessen habt ihr gesulzte Kalbshaxe, braun und fettig, gegessen, und das Ganze in Meerrettichtunke. Ich begnügte mich mit trockenem Brot und Humus aus dem Plastikbecher. Ein Geschmack wie Zahnpasta. Dein Vater war erregt. Gerade begann der Erbschaftsprozess um das Grundstück im Haifaer Ma'ajanviertel, auf dem deine Eltern früher gelebt hatten. Er bekriegte seine große Schwester, eine hässliche Affäre, die schon jahrelang ging. Die Erbschaft brachte ihn dazu, seine Schwester zu verabscheuen, die sich seine ganze

Kindheit hindurch wie eine Mutter um ihn gekümmert und sogar versucht hatte, ihn zu stillen, als er ein Baby war. Ihr Mann sei gierig, behauptete er. Er hasste ihren Mann von dem Tag an, an dem sie sich trafen. Dein Vater ereiferte sich und schrie, spuckte Reste vom braunen Sülzenschlamm der Kalbshaxe und Speichel über die anderen Teller. Die Zeit ließ ihn innerlich verfaulen. Sein schwerer jüdischer Atem hatte einen Geruch von schimmligem Tod.

Der Streit mit Avram Baruch ging diesmal nicht über das Thema Arbeit. Ich blieb bis spät mit ihm in der Werkstatt, wir mussten einen Riesenauftrag von achtzig Schränken für eine Firma fertig machen. Die Beduinen waren schon nach Hause gegangen. Sie waren Arbeiter und hatten keine sentimentalen Gefühle für Avram. Beide fühlten sich nicht wohl, wenn er sie um etwas bat. Sie hassten ihn. Er war ein Scheißkerl von Mensch. Avram fing an, Lieder von früher zu singen. Hebräische Lieder aus seiner Kindheit wie »Alles wegen einem kleinen Nagel« und »O Mond, was hast du gemacht« und so Zeug. Es machte ihm Spaß, lautstark im Takt dazu mit einer Bewegung des ganzen Körpers zu furzen, während er sich selbst Gesundheit wünschte. Dann begann er wieder, mir zu erklären, dass das Geschäft Brot für vier Leute auf den Tisch bringe, erzählte vom Tal des Todes beim Hermon und der Schlacht, dann kam, wie er gerade frisch vom Offizierskurs zu den Golanis gekommen war und die Truppe einen ganzen Monat in Jabalija im Gazastreifen lag, er nur Kaffee für den Kompaniechef gekocht und Kartoffeln geschält hatte und man ihn erst dann einen Zug befehligen ließ. Eine Sache der Ehre, du verstehst. In der Eisentür, die immer offen stand, senkte sich der

Abend herab, Wind kam mit der Dunkelheit herein, und wir hatten noch massenhaft Arbeit. Fast ohne Ende. Nach dem Gespräch über das Militär zwang mich Avram, laut zu bestätigen, dass die Golanis die beste Einheit in der israelischen Armee seien. Es kümmert mich nicht wirklich, wer die Besten sind. Von mir aus sind die Golemis die beste Einheit, sie können mich alle mal. Er fing an, mir mit echtem Kummer von seiner ersten Frau zu erzählen, die ihn mit der ganzen Stadt betrogen hat. Die halbe Stadt vögelte sie in den Hintern, wo sie es am liebsten hatte. Meine besten Freunde trieben es mit ihr, es hat mich zehn Jahre gekostet, um das zu entdecken und mich scheiden zu lassen. Alle Frauen sind Nutten, man muss sie kurzhalten, ihnen nicht zu viel Geld geben, sie verplempern alles, was sie in der Hand haben, das liegt in der Natur. Dann kam, auf Muslime ist kein Verlass, sie würden alles machen, um Juden reinzulegen, sie hätten uns ausradiert, wenn sie nur gekonnt hätten. Sind ganz wild drauf, unsere Mädchen zu vergewaltigen. Am Schluss erzählte er mir von seinem Sohn, der nach dem Militär nach Florida gegangen war, um im »Moving« zu arbeiten mit einem israelischen Betrügerpaar. Sie legten die beschränkten Amis vorsätzlich rein. Sagten, tausend Dollar, und nachdem sie alles auf den Laster geladen hatten, erhöhten sie den Preis um tausend Dollar, und wenn die Kunden nicht zahlen wollten, beschlagnahmten sie ihren Besitz oder zerbrachen ihnen absichtlich die Sachen. Sein Sohn wollte Geld machen, er, Avram, hatte zu ihm gesagt, er solle kommen und im Betrieb mitarbeiten, im Familienunternehmen, aber er hatte ihn ausgelacht. Vor zwei Wochen hatte das FBI sie dort verhaftet und die Firma zerschlagen. Sein Sohn rief jeden Tag an und bat um Geld, weinte, er habe nichts, um zurückzukommen, aber einen Dreck würde er von ihm kriegen. Er ist blöd wie seine Mutter. Die Nutte soll ihm helfen. Bei den Arabern ist ein Geschäft ein Geschäft und Familie ist Familie, das ist der Grund, warum sie am Ende auf uns scheißen, am Schluss werden sie hier regieren, du wirst sehen. Wir haben Kinder ohne Achtung vor der Arbeit, vor dem Geschäft erzogen. Dann begannen wir zu streiten. Avram sägte mit einer Hand eine Resopalplatte, mit der zweiten trank er schwarz aufgebrühten Kaffee. Die Platte rutschte ihm aus der Hand und zerbrach. Eine solche Platte kostet tausend Schekel. Er packte die Säge, fing an, mich anzubrüllen und zu beschuldigen. Ich müsste doch endlich wissen, dass man eine Platte gefälligst festhält und nicht das Werkzeug auf der anderen Seite des Raums aufräumt. Der Witz an der Sache war, dass er mich losgeschickt hatte, das Werkzeug aufzuräumen. »Mach dich endlich nützlich.« Es war fast acht Uhr abends. Ich sagte zu ihm, dass ich mich nicht gut fühlte, und ging zu Fuß nach Hause, begriff nicht, wie mich dieser furzende Trottel zum Weinen bringen konnte. Das war Donnerstagabend gewesen, ich ging die rötlichgelbe Hauptstraße von Be'er-Scheva entlang, die immer grandios aussieht. Ich marschierte zum städtischen Krankenhaus, wo du deine Schwesternausbildung gemacht hast. Einstweilen arbeitetest du dort als Pflegehilfe, machtest die Nachttöpfe und Kotzkübel sauber. Um den Beruf kennenzulernen.

Es war verboten, bei deinem Vater am Schabbat das Licht einzuschalten. Auch zum Rauchen stieg ich vier Stockwerke runter. Ich las Zeitungen. Du riefst mich immer, damit ich dir half, das besondere Kreuzworträtsel zu lösen, und dann wurdest du wütend, weil ich alle Antworten wusste. Die Freunde bedrängen mich immer, ich solle mich zum »Safe«, dieser Quizsendung, anmelden, ich könnte einen ganzen Berg Geld verdienen, kündigen. Ich bin zu schüchtern fürs Fernsehen. Ich würde mich auch schämen zu sagen, dass ich von Beruf Schreinerlehrling bin. Wir schliefen eine Menge – das war der große Vorteil für dich bei deinem Vater, man konnte Stunden an Schlaf reinholen. Nach dem Schabbatessen gingen mir die Zigaretten aus. Wie sich herausstellte, hatte ich vor lauter Stress alles aufgeraucht. Plötzlich wollte ich unbedingt eine Zigarette, fast wie besessen. Ich wollte auch allein mit dir reden, ich hatte dir noch nicht erzählt, dass ich kündigen wollte. Wir gingen hinunter auf die nasse, ramponierte Straße der zweiten Alija. Wir kamen beim alten Gigi vorbei, der noch nicht offen hatte (ich denke, er hält sich an religiöse Vorschriften). Seine Frau hatte ihn verlassen und das ganze Geld mitgenommen. Diese Nachrichten, die uns dein Vater mit leidvoller Trauer beim Abendessen am Freitag erzählt hatte, freuten dich. Es stellte sich heraus, dass alle wussten, dass Gigi seine Frau grausam schlug. So gut wie jeden Tag kam sie mit verbeultem Gesicht zum Kiosk, stand fast zitternd hinter dem Knabberzeug. Erst am Ende der Straße, neben dem Rambam-Krankenhaus, gibt es Läden, die am Schabbat geöffnet sind. Über einen Kilometer Fußmarsch, der gleiche Weg, den wir am Tag vorher sonnenblind zurückgelegt hatten, der gleiche Weg, den wir morgen in aller Früh wieder machen würden mit der Hoffnung, es zur Arbeit zu schaffen. Eine sechzigjährige Frau kam uns entgegen, in der Hand ganze Teile eines gewaschenen, gehäuteten Huhns. Sie versuchte, die Straßenkatzen anzulocken. Wenn man sie füttert, lassen sie sich nachher streicheln, schnurren manchmal auch liebenswürdig. Es gab Dutzende alte Leute im Viertel, die die Straßenkatzen fütterten, als gute Tat im Alter. Alle Straßenkatzen waren fett, verwöhnt und gleichgültig. Die Frau schrie uns an, dass wir ihre Katzen vertrieben. Du kanntest die Frau, obwohl sie dich nicht erkannte. Sie war die Mutter von deiner Volksschulfreundin, der dicken Ronit. Heute ist Ronit schon verheiratet, du hattest sie vor einem Jahr mit einem Kinderwagen auf der Promenade gesehen, das Gesicht aufgedunsen von Fett und mütterlicher Befriedigung. Ihr großer Bruder Emanuel, der schöne Weiberheld des Viertels, wurde mit dreißig verrückt, dachte, er sei der Messias. Er wohnte noch zu Hause bei seinen Eltern. Eines Nachts, nachdem er mit seinem Vater gestritten hatte, der nur wollte, dass er sich eine normale Arbeit suchte, ging er auf die Straße, sprang über den Zaun und legte seinen Kopf auf das Bahngleis. Ein fast leerer Personenzug verteilte sein Gehirn. Das ist eine beliebte Art, sich in Haifa umzubringen, wie sich herausstellte. Hunderte waren so schon neben deinem Haus gestorben. In deiner Kindheit, erzähltest du, verfolgten sie dich, kopflose Geister in Alpträumen. Wütend, bösartig, mit dem Kreischen der Zugbremsen für immer und ewig in ihrer Seele. Dein Fenster blickte auf die Bahn hinaus. Man konnte die Schreie der Selbstmörder hören, das Knacken des Schädels und die Notbremsen des Zugs, von denen alle immer träumen, einmal daran zu ziehen.

Wir erstanden zwei Päckchen im Softpack sowie ein Feuerzeug und kehrten auf dem gleichen Weg zurück. Du hast den Verkäufer angelächelt. Sie verlieben sich immer in dich. Ich erzählte dir, dass ich kündigen wolle, obwohl ich wisse, wie schwierig es in diesen Zeiten sei, eine Arbeit zu finden. Du wurdest böse, hast deinen Bauch gestreichelt. Du hattest Angst um unser Baby, und ich, verwundbar, versprach, dass ich bis zur Geburt des Babys eine neue Arbeit finden würde. Auch ich wollte ihm alles schenken. Schon jetzt liebte ich es. Wenn du sauer auf mich warst, nanntest du mich bei meinem Vornamen: »Josef, was ist mit dem Kind?« Du warst die Einzige, die mich bei meinem Namen nannte. Beim Militär riefen sie mich beim Familiennamen, Freunde nannten mich liebevoll Jos, meine Eltern schrien Joske in dieser Aussprache eines jüdischen Städtchens in Polen vor dem Holocaust. Sogar Avram nannte mich nur »der Junge«, obwohl ich schon fast siebenundzwanzig bin, er kann mich mal, der Mistköter, sollen sie seine Leiche in der Totenhalle schänden. Nur du nanntest mich Josef. Ich zündete mir noch eine Zigarette an. Ich hasste es, dich anzuschreien. Wenn man sich liebt, gibt es keinen Grund zu streiten, meine ich. Auf dem Rückweg, an der Gasse der kühnen Fallschirmspringer, wurdest du fast überfahren. Ein irrsinniger, nervöser Fahrer. Er entschuldigte sich nicht. Die Bremsen kreischten. Wir erreichten die Alija-Volksschule, in die du gegangen bist. Von weitem sah man die Flutlichter des Kiriat-Eliezer-Stadions, und fast hörte man das Gebrüll des Fußballspiels. Wie es schien, warst du mir nicht mehr böse. Du batest mich, mit dir über den Zaun zu springen, du wolltest für mich eine Besichtigungsrunde in deiner alten Schule machen. Einen Teil der Storys hattest du mir vorm Einschlafen erzählt, die meisten noch nicht. Ich hatte es nirgendwohin eilig. Ich hatte den Blödsinn deines Vaters satt. Er hätte es beinahe geschafft, mich zum Schabbatausgang in die Synagoge zu schleifen, ich entkam nur durch ein Wunder. Der religiöse Wahnsinn hat bei ihm erst vor fünfzehn Jahren angefangen.

Bei dem Sprung schnitt ich mich an der linken Hand. Ich war oben auf dem Zaun schon im Gleichgewicht, zögerte aber hinunterzuspringen. Zuletzt schwang ich mich mangels Wahl hinunter, meine Schuhsohlen begannen zu rutschen, aus Angst hielt ich mich weiter am Zaunrand fest. Im Fallen holte ich mir einen Schnitt über die ganze Handfläche. Ich blutete ein bisschen, aber ich zeigte es dir nicht, denn immer wenn ich verletzt war, behandeltest du mich wie ein zurückgebliebenes Kind. »Hier haben wir Fangen gespielt«, erzähltest du mir, mein Haar war schon von Feuchtigkeit durchtränkt und klebte an der Stirn. »Hier hat die dicke Nira versucht, mich mit einer Eisenstange zu schlagen, ich bin wie durch ein Wunder davongekommen. Einem anderen Mädchen, auf das sie sauer war, hat sie ein Glas Pisse drübergeschüttet. Und hier an dem Platz hatten wir alle jeden Tag Morgengymnastik, als ich einmal zu spät kam, hat mich die Lehrerin am Ohr gepackt, eine Woche nachher war das Ohr noch rot.« Mir gelang es nicht herauszufinden, ob die Erinnerungen dich traurig oder fröhlich machten. Du warst nicht mehr dieses knochige kleine Mädchen mit dem Blähbauch von früher. Vielleicht nur ein bisschen. Ich kann es nicht mehr verstehen. Ich bin nicht sicher, dass ich es versuchte. Deine Kindheit war wie der Ultraschall von einem Baby, ich zog es vor zu wissen, dass alles in Ordnung war, mehr nicht, ich wollte das Geschlecht des Embryos nicht wissen. Auf diesem Platz schrie dich die Sportlehrerin in der Sechsten vor der ganzen Klasse an, dass du anfangen müsstest, dir die Beine zu rasieren. Wollte mit deinen Eltern reden. Gemischte Klassen, Jungen und Mädchen zusammen. Wir umrundeten langsam das dunkle, heruntergekommene Schulgebäude. Die Erde war feucht, fast schlammig, voll Resten von Eisenrohren. Meine Handfläche blutete und brannte noch. Ich wischte das Blut am weißen Hemd ab, Blutflecken gehen schwer raus bei der Wäsche. Deine Mutter war überbehütend. Einmal in der Woche brachte sie dich an der Hand in die Schule und schrie in ihrem Wahn die Lehrer an. Die Kinder spuckten sie einmal an, als sie kam und dich suchte. Das war, nachdem Schimon Kohen versucht hatte, dich hinter dem Schutzraum zu begrabschen. Es gelang ihm so in etwa, und er brachte auch dich dazu, ihn anzufassen, bis ihm richtig wohl war. Er spritzte in die Unterhose, und das war das erste Mal, dass du Samen berührtest, er wollte deine Hand nicht loslassen. Du warst in der fünften und er in der sechsten Klasse, aber er war sitzengeblieben. Mich schüttelte es innerlich, ich wollte nicht mehr wissen. Ich liebte dich genug und hatte auch so Mitleid mit dir. Du riefst deine Mutter an, hast ihr aber nicht erklärt, was passiert war, nur geweint. Inzwischen hast du dich im Gebüsch versteckt. Du hast gelernt, dich fast so gut zu verstecken wie die Juden, die vor den Nazis flohen. Schimons Freunde, die aus dem Unterricht geworfen worden waren, spuckten sie am Eingang, gleich hinterm Tor an. Sie stand fast fünf Minuten da und rief verzweifelt nach ihrem Herzchen, aber du bliebst im Versteck, bis sie ging. Weinend. Als du mir beschriebst, wie sie irr schreiend dastand, weiße Speichelklümpchen auf ihre Kleider tropften, warst du überhaupt nicht niedergeschlagen. Nur Gott weiß, wie du so unversehrt sein kannst. Neonlicht brannte im Lehrerzimmer. Du versuchtest hochzuklettern, tratest auf meine Wunde, als ich die Räuberleiter für dich machte, damit du hineinspähen konntest. Das Fenster war zu weit oben. Wir schlüpften durch eine Lücke im Zaun hinaus, an die du dich plötzlich erinnertest. Schade, dass dir das erst jetzt einfiel, wir hätten uns den Schnitt gespart. Ich begann, das Gespräch mit Avram zu planen, ich wusste nicht, was ich ihm sagen sollte. Ich wusste aber, dass er überhaupt nicht zuhören würde. Zu Tode verbrennen soll er. Als wir zurückkamen, hatte Gigi schon offen, zwei Jugendliche redeten mit ihm außerhalb des Ladens, lehnten an den schmutzigen Steinwänden.

Du heißt Mariam, nach der Schwester deiner Großmutter mütterlicherseits, die im Holocaust umkam. Einmal versuchtest du, über diese Frau etwas zu erfahren, nach der du benannt wurdest, du hattest das Gefühl, dass ihr ein gemeinsames Schicksal habt. Das war schon nach dem Tod deiner Mutter, das weißt du noch. Du hast deinen Vater am Schabbat nach dem Mittagessen gefragt, als er einigermaßen entspannt war, schläfrig auf dem Sofa im Wohnzimmer ein Logikrätsel ohne Schreibstift löste, um den Schabbat nicht zu entweihen. Er schnitt dir das Wort ab: »Alle wissen, dass sie eine Nutte war. Die schlimmste Nutte, die es gibt. Ein schönes Mädchen, dir ähnlich, sie hat es mit den Nazis getrieben, um zu überleben. Alle im Lager wussten, dass sich die Nazis mit ihr vergnügten, jeden Abend hörte man sie mit ihr grunzen wie die Tiere. Die gleichen Hunde, unter deren Fingernägeln das Blut der Familie klebte, drei bis fünf bei jeder Runde, waren ihre guten Versorger. Von Einbruch der Dunkelheit bis zum ersten Morgengrauen, ungefähr fünfzig steckten jede Nacht in ihr drin, diese Hündin. Nur Offiziere bediente sie, sie war zu gut für gemeine Soldaten, wirklich hervorragend. Stolze Juden haben sie am Kriegsende getötet, eine mutige Rächerbande vom Schlag der schönlockigen Helden. Sie haben sie lebendig mit der Leiche des Lagerkommandanten begraben. Sogar das war noch viel zu gut für sie. Zu ihrem Glück hatten auch die Rächer eine weiche jüdische Seele. Sie kam billig davon.« Dein Vater lachte. Du wagtest nicht, ihn zu fragen, wieso er ein solcher Experte in der Geschichte einer Frau war, die er nie gekannt hatte. Wie üblich ließ dich seine Versessenheit zurückschrecken. Er ist der einzige Mensch auf der Welt, vor dem du dich fürchtest.

Die Nachbarn waren schon unten, ganz aufgeregt, mit Babys auf den Schultern. Die Halbwüchsigen lehnten rauchend an den Autos. Die meisten mit Goldketten um den Hals, glitzernd. Sie schwiegen, als sie uns sahen, wie eine Mauer versuchten sie, dich daran zu hindern, den Flecken von Blut und Fleisch zu sehen, den dein Vater auf dem rostigen Asphalt hinterlassen hatte. Die Straße war voller Autos mit Pärchen, die gekommen waren, um am Schabbatende auf der Promenade und am Meer auszugehen. Die Gesichter der Fahrenden ließen sich nicht erkennen, aber mir kam es so vor, als ob sie lächelten. Er war vor einer halben Stunde gesprungen. Der Rollladen und das Fenster waren offen. Ich zündete mir eine Zigarette an. Eine Frauenschar umschloss dich, ich hatte keine Chance, dich zu umarmen. Sie fuhren uns ins Rambam-Krankenhaus, wieder der gleiche Weg. Ich suchte mit meinem Blick die Alija-Schule. Ein Zug hielt, mit einem langen, vehementen Kreischen der Bremsen. Ließ mein Denken abreißen. Sie stiegen nicht mit uns aus, versicherten aber, wenn wir etwas bräuchten, sollten wir uns nicht genieren. Die Frau streichelte deine Wange, ihr Baby weinte wieder. Sie sagten, er sei auf der Intensivstation, ich hinkte dir auf der Treppe hinterher, mir tat es in der Lunge weh. Du hast überhaupt nicht auf mich geachtet, du ranntest voraus. Die Türen der Abteilung waren verschlossen, es war keine Besuchszeit. Drinnen ein Aufruhr, sie schlossen deinen Vater an die Überlebensmaschinerie an. Der Gang war fast leer. Eine Prostituierte, für die Schicht angezogen und schon geschminkt, weinte. Ihre Tränen tropften die Nase entlang und von da auf die rosa Fliesen. Sie hatte zerrissene Seidenstrümpfe an, kein Mensch tröstete sie. Sie war schon vierzig, vielleicht älter, ohne weibliche Formen. Während sie weinte, rief sie immer wieder den Namen deines Vaters. Sie war seine Reguläre, sie schlief in der Nacht gratis bei ihm, bloß aus Liebe. Es gab auch andere, sie würden nach Schluss der Schicht gegen Morgen eintreffen. Sie liebten ihn alle. Vielleicht hatte man vergessen, es ihnen mitzuteilen, den Nutten. Ich verließ dich und ging auf die Toilette. Den ganzen Schabbat war nicht saubergemacht worden. Die Kloschüssel war verstopft, voller Scheiße und Pisse. Auf dem Rand waren überall gelbe Flecken, Fetzen von teils gebrauchtem Toilettenpapier auf dem Boden. Fliegengesumm. Zu meinem Glück konnte ich nichts riechen wegen der Zigaretten. Schon seit Wochen redeten wir über deinen Vater, über seinen Charakter, du warst also nicht überrascht. Wir hatten wirklich alles erwartet. Ich war nicht bereit, das Kind nach deinem Vater zu nennen, obwohl das Kind nicht unbedingt meines ist. Ziemlich sicher nicht. Ich bin nicht so blöd, wie du glaubst. Der Arzt versuchte, dich zu überreden, hineinzugehen und deinen Vater zu sehen, er war noch bei Bewusstsein. Das würde deine letzte Gelegenheit sein, mit ihm zu reden. Der Arzt gab nicht auf, der Vater hatte mit Sicherheit darum gebeten, wollte sich von dir verabschieden. Er konnte nicht glauben, dass du dich mit einem stolzen Kopfschütteln weigertest. Die Nutte war schon drinnen gewesen und kam heraus, legte den grünen Kittel ab, die Kopfbedeckung und die Galoschen, die ihr ein steriles und heiliges Aussehen verliehen hatten, und blieb in ihren zerdrückten Arbeitskleidern zurück. Sie ging auf die Toilette, brachte ihre Schminke in Ordnung, stellte sich in den Gang. Ihren Rücken an die glatt gekalkte Wand gepresst. Und keiner von uns weinte mehr. Ich zündete drei Zigaretten für uns alle an, ihr zwei hattet ein ähnliches Lächeln. Die Zeit, die man im Gang verstreichen hören konnte, schlüpfte unter dem zerbrochenen Fenster durch, damit das Leben sie nicht bemerkte.

*»Morgen macht sich der Vater zum Pflügen auf,
in der Furche, in der Furche wird der Vater ziehen«*

Meinen Vater kannte ich fast nicht, er wurde getötet, als ich zwei Jahre alt war, am Fluss Bazil, beim dramatischen Einmarsch in den Libanon. Er machte den Reservedienst in einer Eliteeinheit, nach seinem Tod wimmelten eine Menge seiner Kameraden bei uns zu Hause herum. Nachher wurden sie weniger und gingen, um ihr Leben aufzubauen. Mein Vater wurde dreimal getötet, meine Mutter nur zweimal, und mein Großvater ein einziges Mal ganz und gar, als er beim Hinauffahren nach Jerusalem hinter Scha'ar Hagai auf eine Mine traf. Mein Vater wurde einmal im Zermürbungskrieg getötet, als er im Militärdienst war, die Granate eines ägyptischen Mörsers landete neben ihm im Schützengraben. Der Kamerad neben ihm im Graben wurde auf der Stelle getötet, mein Vater verlor nur das Gehör auf einem Ohr. Er lag auf der Seite. Und den Geruchssinn. Beim zweiten Mal starb er und kehrte ins Leben zurück, als er in den Semesterferien beim Straßenbau in der Wüste zwischen dem Toten und dem Roten Meer arbeitete und schlafend von einem Schaufelbagger überfahren wurde. Wie durch ein Wunder beförderte ihn der Bagger zwischen den Rädern hindurch und zerquetschte nur seine linke Hand. Der Fahrer, so stellte sich heraus, war betrunken und dachte, er finge um Mitternacht zu arbeiten an. Es war reines Glück, dass Schabi, der beste Freund meines Vaters, der neben ihm schlief und tödlich überrollt worden wäre, aufgestanden war, um zu pinkeln. Schabi war mit meinem Vater beim Militär, er bemüht sich immer noch, mich und meine Mutter regelmäßig ein- bis zweimal im Monat zu besuchen. Er ist der Letzte, der übrig geblieben ist. Mein Vater wurde zum dritten Mal im Flussbett des Bazil durch Explosivgewalt getötet. Der Sprengstoff, den er auf seinem Rücken trug, explodierte auf merkwürdige Art. Keiner von den Kämpfern, die mit ihm zusammen waren, konnte sich die Explosion erklären. Er trug die Ladung ohne Zünder. Das war zwei Stunden nach Beginn der Invasion. Ich habe es nie überprüft, aber ich glaube, mein Vater war der erste israelische Gefallene im Libanon. Nur durch ein Wunder retteten sich seine Kameraden und Schabi vor der Explosion, sie hatten nicht mal einen Kratzer. Was meinen Vater angeht, so wurde seine Leiche völlig zerstört, und seine Körperteile flogen über eine gewaltige Distanz. Die Kameraden schleppten nur unversehrte und symbolische Teile mit. Sie hatten keine Zeit, das Ganze einzusammeln. Das meiste von meinem Vater blieb in dem Fluss im Libanon unter dem Berg verstreut, auf dem der Karkom-Posten errichtet wurde. Schakale und Hunde veranstalteten ein Festessen mit seinen Resten.

Schabi gab mir die Adressen von allen Kameraden meines Vaters, vor allem den ältesten und ranghöchsten. Ich brauchte sie, um eine Sicherheitseinstufung zu erhalten. Obwohl es mir nichts ausmachte, Schabi darum zu bitten, der zu mir, als Tochter von Aviram, immer nett war, hätte ich mich auf diese Suche nicht eingelassen, wäre nicht das mit der Sicherheit gewesen. Ich sollte nach acht Monaten eine neue Aufgabe beim Militär in der Libanonkompanie bekommen. Ich wollte diesen Posten unbedingt, er war viel interessanter (mehr darf ich nicht erzählen). Irgendwo wollte ich mich auch von zu Hause, von meiner Mutter entfernen, uns beiden zuliebe. Ich war die einzige Tochter, in etwa. Meine Mutter hatte zwei fast dreißigjährige Söhne aus ihrer ersten Ehe, vor meinem Vater. Einer meiner Halbbrüder wohnt heute in San Francisco und ist einer der Anführer der jüdisch-schwulen Gemeinde dort. Meiner Meinung nach ist er der Rabbiner der Gemeinde. Der zweite leitet einen Betrieb in einem Kibbuz im Jezre'eltal, wo er in einer Jugendgruppe aufwuchs, nachdem meine Mutter und ihr früherer Mann ihn nicht großziehen konnten. Er heißt Eran und hat eine Tochter namens Or. In den Schulferien fuhr ich oft hin. Ich erzählte ihm und beriet mich mit ihm viel mehr als mit meiner Mutter. Er war derjenige, der mir empfahl, Schabi nach Vaters Freunden aus der Armee zu fragen, um die Sicherheitskategorie zu erfüllen. Auch so machten sie mir Probleme, weil ich eine Waise bin und alle Freunde meiner Mutter, und es gibt nicht viele, zweifelhafte Personen sind. Besonders hasse ich ihre Partner, die sich von ihr, weil sie lästig ist, immer ungefähr nach zwei Jahren trennen, in denen sie ihr die Witwengelder abpressen, die sie für Vater erhalten hat. Das Formular hatte über vierzig Seiten. In der einen Hälfte musste ich meinen Namen und meine Identitätsnummer, Lebenslauf, Erfahrung und solches Zeug angeben. In der zweiten Hälfte mussten die Empfehlungsschreiber über mich berichten und versichern, dass ich dem Feind keine mir zur Verfügung stehende Information verraten würde. Ich wusste, ich würde niemals Informationen preisgeben, auch meinen besten Freundinnen nicht. Ich erzähle nicht, was ich in der Armee mache. Und sie fragen mich die ganze Zeit.

Den Anfang meines zweiten längeren Militärurlaubs widmete ich dem verfluchten Formular. Alle Freunde meines Vaters, die Schabi genannt hatte, lebten im Norden des Landes. Ich fuhr Sonntagnacht los, um bei einer Freundin von der Rekrutenausbildung in Haifa zu übernachten, die dort im Bat-Galim-Viertel wohnte. In der Früh hatte ich bereits eine Verabredung mit Jonathan Möwe (er hatte seinen Familiennamen wegen dem Buch geändert). Im neuen Einkaufszentrum in Haifa sollte ich mich am Mittag mit einem weiteren Kameraden treffen, der heute der Leiter der militärischen Abteilung bei der High-Tech-Firma Elbit am Karmelstrand ist. Am Abend hatte ich mich mit noch einem von ihnen verabredet, der heute in Naharia wohnt. Ich war fest entschlossen, nicht mehr als einen Tag von meinem Urlaub auf diesen Unfug zu verschwenden. Ich hatte Pläne, ich hatte mit zwei anderen Freundinnen ausgemacht, gleich Montagnacht nach Eilat runterzufahren. Wir hatten schon ein billiges Zimmer im Hotel bestellt. Seit drei Monaten hatten wir diese Reise schon vor. Schabi wollte ursprünglich mitfahren, und ich freute mich darüber, doch im letzten Moment wurde er von der High-Tech-Firma, in der er arbeitet, nach Singapur geschickt. Es gab ein Problem mit einem Produkt, das sie dort verkauften. Er entschuldigte sich tausendmal. Meine Mutter sagt, Schabi sei ein erklärter Homo und lebe mit einem Mann in Tel Aviv zusammen. Mich stört das nicht.

Im Nachtzug nach Haifa passierte mir etwas Beängstigendes. Ein Verrückter, der dachte, er sei der Messias, brachte sich auf den Bahngleisen um. Er war wahnsinnig genug, um seinen Kopf auf die Schienen zu legen und gleichmütig zu warten, bis ein Personenzug sein Hirn pürierte. Der Lokomotivführer versuchte zu bremsen, doch bis er endgültig anhielt, waren die meisten Waggons schon über den Leib des Messias gerollt. Als der Zug zum Stehen kam, den Passagieren einen Ruck versetzte, befand sich das Fenster, an dem ich saß, direkt über der kopflosen Leiche, die mit einer weißen Kutte bekleidet war. Die Beine der Leiche lagen frei, haarig mit nackten Füßen. Zahlreiche Neugierige drängten sich an mein Fenster, um einen Blick auf den kopflosen Messias zu erhaschen, ich blieb gleichgültig sitzen. Ich hätte diesen Mann gern gekannt, der beschloss, dass er der Messias war, und sich dann umbrachte. Sicher hatte er eine spannende Lebensgeschichte. Ich stellte mir den Mann lebendig und mit einem Kopf auf den Schultern vor, er war sicher sehr schön. Ich hätte mich bestimmt in ihn verliebt, wenn ich ihn gekannt hätte. Der Zug verspätete sich um fast zwei Stunden. Marina, meine arme Bekannte, wartete am verödeten Bahnhof auf mich. Es war sicher beängstigend für sie. Unangenehme Typen lungern dort in der Nacht herum. In der Unterführung zwischen der Bahnstation und dem Busbahnhof wurde einmal ein Mädchen in einem der sinnlosen Hohlräume dort am Sonntagmorgen vergewaltigt, als Tausende Leute den Tunnel passierten. Ich bin einmal durch diese Unterführung gegangen, als ich aus Erans Kibbuz zurückkehrte, als ich in der Zwölften war. Das Licht dort ist schwach, die gesamten Wände dünsten Urin aus und sind mit Graffiti und trübem Dreck bedeckt.

Ein alter Kurzwarenhändler sitzt dort, raucht und verkauft Kämme, gefälschte Zigaretten und Schuhcreme, aber fast niemand kauft etwas bei ihm, außer aus Mitleid. Ein Bettler spielt auf einem Akkordeon. Ein vierzigjähriger Russe. Er versucht Sachen wie die Nationalhymne und Hava nagila zu spielen, um das Spendenaufkommen zu erhöhen, doch auf seinem Akkordeon klingen sie immer wie todtraurige klassische Lieder. Dank seiner Musik hat man, wenn man den dumpfen Tunnel betritt, das Gefühl, in irgendeinem melancholischen europäischen Film zu sein. Und tot.

Meine Mutter starb das erste Mal, als man ihr mitteilte, dass ihr Vater gestorben sei, und sie mit einem Flugzeug vom jährlichen Schulausflug am Sinai zurückholte. Sie schliefen beim Katharinenkloster in Schlafsäcken, als der Direktor der Schule die Botschaft vom Oberhaupt des Dorfes unterhalb des Dschebel Musa erhielt. Ihr Vater starb völlig überraschend und ohne Vorwarnung an Herzstillstand in seinem chemischen Labor in dem militärischen Industriebetrieb. Der Schuldirektor traf mit einem alten Patrouillenjeep ein, den er sich von der Armee ausgeliehen hatte (sein Sohn war Pilot am Sinai), und er organisierte auch einen Platz auf dem Herkulesmilitärflug für sie, der noch einen Fallschirmspringerkurs abwarf, bevor er Tel Aviv ansteuerte. Meine Mutter wusste nicht, wer ärmer dran war – sie, die zum Begräbnis ihres Vaters reiste, oder die Soldaten, die ihr schwerer Fallschirm niederdrückte, schweißüberströmt, sicher, dass sie dem Tod nahe waren. Die Soldaten waren so verängstigt vor dem Absprung, dass sie kaum darauf achteten, dass ein junges weibliches Wesen mit ihnen ins Flugzeug stieg. In einer anderen Situation hätten sie sicher versucht, sie anzumachen. Den Bildern nach war meine Mutter seinerzeit ein attraktives Mädchen, heute arbeitet sie bei der Jewish Agency in Jerusalem. Sie hat einen hohen Posten, leitet die Abteilung Belgien, Dänemark und Holland in der Agency. Als sie jünger war, schlief sie mit einer Reihe der Spendeneintreiber, die teilweise verheiratet waren. Sie sahen mich immer mit ängstlichem Blick an, als ob ein sechsjähriges Mädchen tatsächlich ihr Geheimnis verraten würde. Meine Mutter hatte alle möglichen Freunde (wie gesagt, im Durchschnitt alle zwei Jahre). Es gab einen, der länger durchhielt, er hieß George. Sie waren fast neun Jahre lang zusammen, in den letzten zwei Jahren wohnte er sogar mit uns zusammen. Er war ein Einwanderer aus Frankreich oder Belgien, meine Mutter gab ihm Geld, damit er ein Friseurgeschäft aufmachen konnte. Er hatte nicht einmal vor, es ihr zurückzuzahlen. Es war Geld, das wir vom Staat anstelle meines Vaters und Großvaters bekamen. Ich weiß nicht, wieso, aber auch mein Großvater galt als Gefallener der israelischen Armee. Unser nationaler Gedenktag ist in drei Teile unterteilt. Sie strahlen die Namen der ganzen Gefallenen auf Kanal dreiunddreißig aus: Jeder der toten Helden erhält fünf Sekunden mit einem Dia seines Namens, seines Ranges und seiner Kennnummer auf dem Bildschirm (bis vor zwei Jahren hat jeder Gefallene sieben Sekunden gekriegt, aber je mehr Tote es wurden, desto mehr kürzten sie die Zeit, damit die Namen der Gefallenen nicht nach acht Uhr abends ausgestrahlt würden, weil dann der Unabhängigkeitstag anfängt). Großvater Israel Tolilo, der Vater meines Vaters, ist der Erste in der Familie. Er taucht immer ungefähr um halb elf Uhr am Vorabend auf. Er wurde auf seinem Weg nach Jerusalem getötet – damit beginnt für mich der Gedenktag. Wir schalten den Fernseher immer um zehn ein, um ihn nicht zu verpassen. Nach ihm gehen ich und Mama schlafen und stehen um fünf Uhr morgens auf, um rechtzeitig noch Großvater Lev, den Vater meiner Mutter, zu sehen. Er hat keinen Rang, er ist als für die Armee arbeitender Zivilist verzeichnet. Nachher essen Mama und ich ein zeitiges Frühstück und gehen jede unseren Beschäftigungen nach. Als ich klein war, umarmte mich meine Mutter vor der Schule am Gedenktag. Das war wie Geburtstag für mich, sogar besser. Alle liebten es, dass wirklich die Tochter einer Gefallenenwitwe in ihrer Schule war. Als ich in der zehnten Klasse war, luden sie meine Mutter ein, vor der ganzen Schule über meinen Vater zu sprechen. Sie genoss das Publikum. Sie erzählte ihnen, wie mein Vater getötet wurde und von den militärischen Einsätzen, an denen er beteiligt war. Sie weinte, und sie waren gerührt, wischten sich eine Träne mit ihr ab. Sie brach vor falscher Sehnsucht weinend über dem Pult zusammen, und der Direktor dankte ihr mit einer Umarmung. Der Rest der Schüler klatschte ihr Beifall. Im Auto wartete George auf sie, kahlköpfig und schwitzend. Er hatte einen riesigen Bauch, und er trug zwei große Goldarmbänder an jedem Handgelenk. Sie verbrachten den Unabhängigkeitstag damals in Eilat. Meine Mutter versäumte Vaters Dia, das immer um halb vier Uhr nachmittags ausgestrahlt wird, wobei man ständig das Gefühl hat, dass seine Zeit am kürzesten ist. Es symbolisiert den Beginn meines Unabhängigkeitstages.

Vor der Verabredung mit Jonathan Möwe brachte ich mein Haar in Ordnung und verschmierte noch ein wenig

Lippenstift vor dem Spiegel in der Toilette im Einkaufscenter. Die Beleuchtung in den Toiletten lässt mich immer wie eine Leiche aussehen. Ich bin auch so schon zu blass. Wir hatten uns in einem blöden Café verabredet, das tagsüber fast gähnend leer ist. Ich hatte die Uniform angelassen, um keine Fahrkarte zahlen zu müssen. Im Café saß ein einzelner Herr mit Glatze, ich vermutete, dass er das war. Ich fragte ihn. Er blickte mir in die Augen, und erst dann lächelte er. »Du bist Adi? Wie man das sieht, dass du Avirams Tochter bist, wie groß du geworden bist! Weißt du, meine Tochter ist fast in deinem Alter. Sie war schon geboren, als wir im Libanon in ›Bindschbel‹ waren.« Er erinnerte sich plötzlich, dass mein Vater in Bint Jebeil schon zerfetzt war und sie das, was von ihm übrig geblieben war, im hinteren Ausrüstungsfach aufbewahrten. Er stellte mir ein paar dieser beschränkten Standardfragen Erwachsener: Wo ich studiert hätte, was nach dem Militär sei, ob ich einen Freund hätte. Er gab es auf, nachdem er merkte, dass ich nicht gern antwortete. Meine Antworten waren sehr kurz. Er studierte das Formular zur Sicherheitseinstufung, als sei es ein geschäftlicher Vertrag. Er bestellte uns beiden ein Mittagessen. Nachdem er seinen Teil des Formulars, während er still aß, ausgefüllt hatte, wobei öl- und essiggetränkte Salatblätter ab und zu von der Gabel auf das Papier und seine Hosen fielen, gab er es mir zurück. Ich war überhaupt nicht hungrig. Er hatte mir auch das Steak des Hauses bestellt, obwohl ich Vegetarierin bin. Ich saß schweigend da und sah ihm beim Essen zu, nicht einmal George verschlang eine solche Menge. Es widerte mich an, dass ich Leute wie ihn brauchte. Ich dachte darüber nach, wie ich mich höflich verdrücken konnte. Jonathan, der früher sicher einmal ein schöner, starker Mann gewesen war, fing an zu reden. Griff nach meiner Hand, damit ich ihm nicht davonlief. Er versuchte, Blickkontakt zwischen uns herzustellen, doch meine Augen blieben gesenkt, studierten die Reste auf dem Tisch. »Ich liebte deinen Vater wie einen Bruder, weißt du, warum? Weil er ein Bastard war. Er hätte einen Menschen umbringen können für einen guten Witz. Er war bereit, selber zu sterben für einen Schabernack. Weißt du, die ganze Armee, der ganze Trupp glaubte, er sei ein Nachkomme König Davids. Als wir im Diaspora-Museum in Tel Aviv waren, gab er sich tatsächlich als David aus, du weißt, er war ein echter Rotschopf mit dem Charakter eines Rothaarigen. Er verlangte, dass wir ihn den König nannten, schon in der Rekrutenzeit trug er im Zelt eine Krone. Erst in der Basis nachher hat der Hurensohn es uns erzählt. Wir haben fast zwei Stunden lang gelacht. Du hättest ihn sehen sollen, so ein Tropf, nie hättest du geglaubt, dass er so ein großer Kämpfer ist. Sogar die Vorgesetzten waren machtlos. Sie wollten ihm eins überbraten, nachdem er einmal nicht rechtzeitig zum Morgenappell aufgewacht war. Es war immer ein Problem, ihn aufzuwecken, die Wachen konnten ihn nur wecken, wenn sie ihm einen Eimer mit kaltem Wasser drüberschütteten. Dem Kommandeur fiel auf, dass er fehlte, und er ging, um ihn aus dem Zelt zu holen. Dein Vater war noch im Feldbett, der Kommandeur schüttelte ihn und schrie ihn an, er solle jetzt kommen, so wie er sei. Dein Vater versuchte zu diskutieren, aber der Kommandeur schnitt ihm das Wort ab. Am Schluss kam dein Vater splitternackt mit einem riesigen Ständer heraus und ging so zum

Appell, mit einem Riesengrinsen. Die ganze Nacht haben sie ihn drangsaliert, aber das Grinsen blieb.«

Jonathan sah mich an, lachte zu laut für einen öffentlichen Ort. Er wollte, dass ich mitlachte. Ich lachte kurz, um ihn nicht in Verlegenheit zu bringen, fürchtete, dass es vielleicht nicht genug sei, doch er gab sich zufrieden und fuhr mit den Geschichten fort. »Sogar im Krieg war er ein Bastard. Ich glaube, er war der einzige Soldat in der ganzen israelischen Armee, der im Zermürbungskrieg aus Versehen zehn Ägypter tötete. Wir lagen in Stellung, und Aviram war damals Kanonier. Die Ägypter schossen Leuchtraketen ab, und dein Vater, bloß so, weil ihm langweilig war, schoss zwei Ladungen in die allgemeine Richtung ab, aus der die Ägypter geschossen hatten. Es war damals sehr dunstig, wir sahen überhaupt nicht, wo er hingetroffen hatte. In der Früh traf überraschend der Regimentskommandeur ein, wir wurden alle geweckt, und so kam dein Vater wieder in Unterhosen heraus. Der Kommandeur fragte uns, wer gestern nach Mitternacht das Geschütz abgefeuert hatte, und Aviram meldete sich, vollkommen beschämt, und antwortete, dass er das gewesen sei, der ohne Richtung geschossen habe. Wir waren alle überzeugt, dass er garantiert einen israelischen Soldaten getötet hatte. Dein Vater sah ängstlich aus. Der Kommandeur schwieg und trat auf Aviram zu. Man konnte die Spannung in der Luft spüren. Dem Gesicht deines Vaters nach waren wir sicher, dass er in der nächsten Sekunde zu weinen anfangen würde. Alle Achtung, sagte der Kommandeur zu ihm, aber alle Achtung! Sie haben eine syrische Kommandotruppe getroffen. Und drückte ihm die Hand. Er verstand nicht, warum wir alle lachten. Aviram hat nicht gelacht. Er schwitzte, trotz seinem durchtriebenen Grinsen.«

Ich log und sagte, ich müsse weiter. Er schlug mir vor, mich mitzunehmen, doch ich lehnte ab. Ich hatte keinen Nerv mehr für seine Geschichten. Jonathan versuchte, mir zusammenfassend seine Lebenslehre einzubläuen, etwas über das Streben nach mehr und über bereicherte Welten. Er zahlte für mich, und ich ging. Zu Fuß zum Karmelstrand.

Mein Großvater Israel wurde einmal getötet, als er mit dem Motorrad an der Auffahrt nach Jerusalem auf eine Mine fuhr. Einen halben Kilometer vom Kastell entfernt, unten, wo heute das Chemed-Autobahnkreuz ist. Es ist niemand übrig geblieben, der mir von ihm erzählen könnte. Seine Frau starb drei Jahre vor dem Tod meines Vaters im Rambam-Krankenhaus an Krebs. Sie hatte ihn allein aufgezogen. Großvater Israel nahm an einem exklusiven Versuch teil, Meldungen und Munition per Motorrad mit Beifahrerwagen nach Jerusalem zu bringen. Man schickte ihn Ende März auf einer Sachs los, beladen mit Munition und Schutzbrillen. Er fuhr auf eine Mine, die dort vergraben war. Sicher schaute er sich die Blüte der Landschaft an, vor dem Krieg war er Agronom und Naturkundelehrer gewesen. Während der kurzen Zeit, in der er meinen Vater bis zum Alter von zwei Jahren noch großziehen konnte, nahm er ihn immer zu Ausflügen in die Natur mit. Mein Vater wurde in sehr fortgeschrittenem Alter Vater, seine Mutter hatte ihn schon aufgegeben. Meine Großmutter hat kein Dia am Gedenktag.

Der zweite Kamerad meines Vaters ist heute Kommandeur der Marinebasis. Ich salutierte nicht vor ihm, obwohl ich eigentlich hätte sollen, da ich in Uniform war. Ich hatte meine Zweifel, ob er meinen Vater überhaupt kannte – vielleicht hatte er ihn zufällig mal getroffen. Er füllte das Formular flink aus, drückte meine Hand und wollte gehen. Ich schaute nach, was er geschrieben hatte. Er lobte mich, schrieb, dass ich immer wie eine Tochter für ihn gewesen sei. Er war mindestens so verlegen in meiner Gegenwart wie ich in seiner. Als er fertig war, sagte er zu mir: »Für Aviram, deinen Vater, tue ich alles.« Ich stieg in den Zug nach Naharia.

Der neue Freund meiner Mutter heißt Ami. Er ist schon fast sechzig, sieht aber ziemlich jung aus. Meine Mutter traf ihn einmal auf einem Ausflug mit ihrer Freizeitgruppe von Ledigen. Der Ausflug fand an einem Schabbat mitten im August statt, die meisten regulären Teilnehmer des Kreises waren damals auf Urlaub im Ausland. Ami war der Einzige, der ins Wasser ging. Er hatte etwas Jüngeres an sich. Sein weißes Haar ist lockig, er ist Rohköstler, isst aber Fisch wegen dem Eiweiß. Er ist kein Jerusalemer, er wohnt in Givatajim bei Tel Aviv und lehrt Malerei. Er hat einen Sohn, der das Militär hinter sich hat und den ganzen Tag deprimiert zu Hause sitzt. In der Armee war er Offizier, er hat vor, nach Südamerika zu fliegen. Wir sind uns begegnet, als er und sein Vater am Schabbat zu uns kamen und meine Mutter Rohkost in einem Laden namens »Kirschblüte« oder so was eingekauft hat. Sie biedert sich immer an bei Männern. Er kam mit seinem Sohn, vielleicht hatte er Angst, er würde sich umbringen. Beide waren sehr groß. Sie brachten Essen mit, wie es meine Mutter verlangt hatte, und eine Flasche Wein. Nach dem Abendessen, bei dem ich schweigsam, eine Spur bösartig war, nahm ich ihn mit, zusammen mit Freundinnen. Wir gingen ins »Omen«, denn der Bekannte einer meiner Freundinnen machte eine Party dort. Normalerweise hasse ich es, ins »Omen« zu gehen. Dieser Freund organisierte für uns alle freie Getränke. Ich erinnere mich nicht mehr, wie der Sohn von Ami hieß, ich bin manchmal wirklich senil. Kurz gesagt, er war gut drauf, tanzte mit uns. Auf dem Rückweg saß ich mit ihm hinten. Das erste Licht graute schon, und ich war echt betrunken. Wir fingen an, Händchen zu halten. Er streichelte meine Hand. Als wir nach Hause kamen, hatte Mama ihre Tür hinter sich abgesperrt, zusammen mit Ami. Sein Sohn und ich küssten uns. Danach fummelte er an mir herum, aber mehr ließ ich ihn nicht. Das ist zu merkwürdig. Ich bin noch Jungfrau, es gibt Männer, die das anmacht. Ich ging in mein Zimmer schlafen, und er schlief in dem Bett im Wohnzimmer. Ich ließ die Tür offen, ich wollte ihm eine Lücke lassen, um hereinzukommen, doch er verstand es nicht. Er zog es anscheinend vor, sich im Bett zusammenzurollen und vor Begierde zu hecheln. Vielleicht hörte ich ihn wimmern. Seit der Zeit mit George achte ich sorgfältig darauf, hinter mir immer abzuschließen. Als er gerade erst bei uns eingezogen war, kam er immer herein, wenn ich unter der Dusche war, und tat so, als sei es ein Versehen, blieb aber stehen, als versuchte er, meinen nackten Körper im Geiste auswendig zu lernen. Er kam auch ein paar Mal in mein Schlafzimmer, während ich schlief, und saß schwitzend neben mir. Er wagte es nicht, mich zu berühren. George war ein echter Feigling, und fett. Ich denke, er hat mir auch zwei Unterhosen gestohlen, aber ich habe keine Beweise. Am meisten hasste ich seine Musik. Er hörte immer französische Chansons aus den Fünfzigerjahren und tanzte mit seinen Fettmassen ohne Hemd im Wohnzimmer. Manchmal tanzte Mama mit ihm. Er war haarig und dumm. Einmal bestand er darauf, mit meiner Mutter zu meinem Elterntag zu gehen. War mir das peinlich. Gegenüber dem Lehrer gab er vor, mein Adoptivvater zu sein. »Ja«, sagte er, »wir achten streng darauf, dass sie Hausaufgaben macht.« Mieser Hund.

Als ich in Naharia ankam, hatte ich schon zu weinen aufgehört, doch man sah mir meine Tränen noch an. Sie hatten mir die Schminke verschmiert. Wenn ich weine, fühle ich mich fett. Ich war fast allein im Zug. Nathan holte mich am zentralen Busbahnhof ab – ihn kannte ich einigermaßen. Ihm war es noch gelungen, einen gewissen Kontakt mit meiner Mutter aufrechtzuerhalten. Er war auch zu meiner Bat-Mizwa gekommen, allein, ohne seine Frau. Er hatte einen neuen Wagen. Bis vor zwei Jahren arbeitete er beim allgemeinen Sicherheitsdienst, ging dann in Frühpension. Er fuhr einen schwarzen Station Wagon, der stark klimatisiert war, ein grüner Klumpen Pappe, nachlässig an den Spiegel gehängt, gab Zitronengeruch ab. Er hatte ein gutes Gesicht wie mein Vater auf den Bildern, zumindest so, wie ich es gewollt hätte. Ich legte die Papiere auf die hintere Bank. Wir fuhren aus Naharia hinaus, nach Osten zu den Bergen. Ich hatte Angst, ihn zu fragen, wohin wir fuhren. Meine Freundinnen warnen mich immer, ich sei zu unterwürfig, vor allem bei Männern. Im Jeep gab es zwei Sprechgeräte mit zwei Mobiltelefonen. Nathi trug einen schweren Anzug mit einem Beeper am Gürtel. Er fragte, mit wem ich mich schon getroffen hätte. Als ich ihm von Jonathan erzählte, machte er ein wütendes Gesicht, erklärte vorläufig jedoch nichts. Wir fuhren nach Schelomi hinauf. Von dort aus ist Haifa gut zu sehen. Er hielt den schwarzen Jeep an, stieg aus und zog mich mit. »Siehst du dort am Ende ein hohes Gebäude? Daneben ist das Rambam-Krankenhaus. Meine Frau liegt dort im Sterben, sie hat Krebs. Wir dachten schon, wir hätten alles überstanden, nach der Amputation, meine Tochter wagte es, für ein halbes Jahr in den Fernen Osten zu fahren. Vor einem Monat haben sie ihn wieder entdeckt, grausam, alles voller Metastasen. Alles ist zusammengebrochen.« Er weinte. Er zeigte mir den Beeper. Sie sollten ihm melden, wenn es aufs Ende zuging. Er weinte und wischte die Tränen mit einem roten, zerknitterten Taschentuch ab. Ich wollte ihn umarmen wie einen kleinen Jungen, aber ich traute mich nicht. Schon jetzt lebte sie nur noch durch die Maschinen.

Wir setzten die Fahrt nach Schomera in Richtung libanesische Grenze fort. Verlassene Moschavhäuser, zum Teil geschmacklos renoviert, Blechbaracken statt niedergetretener Zäune. Hühner, Gestank nach Ställen. Arme, barfüßige Kinder, die Gesichter von Rotz und Spucke geziert, rannten auf der verrotteten Straße herum. Nathan drehte die Klimaanlage so stark wie möglich auf, als versuchte er, gegen den Dunst und die Armut da draußen anzukämpfen. Er lockerte den engen Knoten der Seidenkrawatte eine Spur. Eine violette Krawatte mit goldenen und blauen Streifen, die ihm bestimmt seine Frau gekauft hatte. Ein Mann würde niemals ein so schönes Stück für sich selbst allein erstehen. Zwischen Schomera und dem kleinen Moschav Sar'it liegt ein steiler, gewundener Asphaltweg, zerstört vom Regen.

An den Wegrändern Gebüschdickicht, grün und stachelig. Die Hitzewellen stiegen von der Straße auf, der Chamsin war dieses Jahr ziemlich früh dran. An dem gelben Tor von Sar'it bog Nathi in eine Seitenstraße des Militärs ein. Wir blieben nun vom Anblick der widerlichen Moschavbewohner verschont, doch der Kotgestank der Hühnerställe drang auch durch die Klimaanlage. Ich hustete. Am Ende des Weges, vor der Militärbasis, bog er links ab, auf einer weißen Staubstraße zur Grenze. Das Auto fuhr glatt wie mit gesetztem Segel den verschwommenen, verstaubten Weg hinunter und zum Wald. Wir hielten, Nathan zog die Handbremse an der Stelle, an der die Auffahrt zum Karkom-Posten begann, auf den verfluchten Berg, hinter dem mein Vater in Fleischsplitter zerfetzt worden war. Das Tor, durch das mein Vater in seinen Tod ging, war immer noch da. Nathi ließ den Motor laufen, in einer solchen Hitze wären wir ohne die Klimaanlage gestorben. Er bot mir eine Zigarette aus einer glänzenden, teuren Silberbüchse an, und diesmal nahm ich sie an. Ich schämte mich immer, mich wie ein großes Mädchen bei Vaters Kameraden zu benehmen. Sie ihrerseits wollen, dass ich das bedauernswerte zweijährige Baby bleibe. Die Waise von Aviram. Ich bin ihnen nicht böse, sie waren eine großartige Truppe zum Ruhme des Staates Israel, die mir und meiner Mutter sehr geholfen haben, so konnten sie sich an meinen Vater erinnern. Sich in Ordnung fühlen. Mit Nathi war natürlich alles anders. Ich als Frau dachte, dass er ein bezaubernder Mann war.

Ein Jeep, gepudert mit einem schützenden Staubsturmwirbel, hielt neben uns. Der Offizier, mit grauer Kugelweste, Helm und geladener Waffe, stieg aus, um mit uns zu reden. Schweißflecken zierten die Uniform vor allem unter den Achseln. Ich schloss die Tür wieder, ich wollte sie nicht riechen. Die beiden Soldaten im rückwärtigen Teil des gepanzerten Jeeps, ungefähr in meinem Alter, lagen hinten zusammengepfercht, erschöpft von der Hitze. Mit zugeknöpften Helmen und dummen langen Turbanen zur Tarnung. Todmüde, geil wie Hunde, schwitzend, lächerlich. Nach einer guten Weile stieg Nathi mit einem nervösen Türklappen aus. Es schien, dass sie sich kannten, sie umarmten sich fast wie ein Liebespaar. Einer der Soldaten von hinten versuchte, mich zu grüßen. Ich ignorierte ihn ängstlich. Einstweilen schaltete ich das Radio ein, suchte die Militärwelle.

Schließlich kam Nathi zurück. Er schaltete das Radio aus und fuhr langsam, fast feierlich, hinter die Betonmauer, den Mauerschutz vor der Grenze. Er parkte am Ende, damit wir den Berg noch sehen konnten. Jetzt würden uns die Soldaten nicht mehr stören. Auch Terroristen könnten uns nicht töten. Er wartete lächelnd auf eine Reaktion von mir. »Ich werde dir erzählen, wer dein Vater wirklich war, der wahre Aviram Mins.« Diesmal schüttelte es mich nicht. »Dein Vater war ein sehr guter Freund von mir, von uns, von allen. Jonathan hasste ihn, bloß Jonathan hasste ihn. Auch bei ihm fing das erst nach seiner Ausmusterung an, beim Militärdienst waren sie die besten Freunde. Bei der Hochzeit deines Vaters war er einer der Brautbaldachinträger. So sehr liebte ihn dein Vater. Dreckskerl. Ich meine übrigens die offizielle Hochzeit mit deiner Mutter und nicht die zweite Hochzeit mit Schabi. Du brauchst dir keine Sorgen zu machen, man sieht dir an, dass du Avirams Tochter bist. Das war auch eine Phase, wo er mit deiner Mutter schlief, nachdem deine Großmutter gestorben war. Er war von fast religiösen Schuldgefühlen erfüllt, hatte ihr auf dem Totenbett versprochen, eine Frau zu heiraten, und Enkel dazu, wenigstens erklärte er uns, seinen besten Kameraden, so die dramatische Veränderung. Schabi, sein ewiger Geliebter, verzieh ihm alles, es war wahre Liebe bei ihm. Die Hochzeit von Schabi und Aviram, Mai zweiundachtzig, einen Moment vor Kriegsausbruch, war intern. Nur die Mannschaft war eingeladen. Schabi verschickte die Einladungen mit der Post. Sie wurden in braunen Umschlägen versandt wie eine Reservedienstorder. Wie ein Stellungsbefehl. Der Humor alter Kämpfer, das verstehst du nicht.«

Er lachte jetzt. Sein Lachen war rollend, aber nicht donnernd wie das der übrigen männlichen Wesen. Nathi hatte eine besondere Artikulation, wenn er über die Vergangenheit und die Armee sprach, wie ein professioneller Erzähler. »Wir veranstalteten die Hochzeit. Im Kiefernwald, neben dem Kibbuz von Eran, dem Sohn aus der früheren Ehe deiner Mutter. Er half uns, alles zu organisieren. Aviram, Verzeihung, dein Vater, bezauberte immer alle. Man konnte in seinen Augen verlorengehen, wenn er dich anschaute. Außer Joni war ihm kein Mensch jemals böse. Dieser Jonathan ist ein Lügner von der schlimmsten Sorte, die Sorte, die ihren eigenen Lügen glaubt. Den Gespinsten, die er selbst erfunden hat. Ein echter Dreckskerl, ich verstehe nicht, wie sie ihn in die Einheit aufnehmen konnten, er hatte sicher Protektion, anders hätte er nie im Leben den Eignungstest bestanden, ein wahrer Irrer. Joni hat selber einmal mit Schabi geschlafen, nachdem Schabi in seine Studentenwohnung kam, und Jonis Frau hat geweint an dem schrecklichen Tag, als Schabi erfuhr, dass Aviram eine Frau heiratete. Joni hat sich nicht die Mühe gemacht, zu Schabis und Avirams Hochzeit zu kommen. Er hat auch nicht auf unsere Anrufe reagiert. Seine Frau sagte, er sei krank, wenn wir damals nur gewusst hätten, wie sehr …«

Ich wollte ihn fragen, ob meine Mutter das wusste, doch ich fürchtete mich, in das Dickicht seiner schmerzhaften Sätze einzusteigen. »Wir trafen Jonathan erst wieder, als wir in den Libanon einmarschierten. In unserer Mannschaft drücken sich bis heute nicht mal Reservisten, es gibt keine Ausreden bei uns. Er wirkte versöhnter, weniger verliebt, umarmte Schabi und deinen Vater sogar, wünschte ihnen viel Glück. Schabi wollte ihn beiseitenehmen und mit ihm reden, ich erinnere mich, aber es blieb keine Zeit dazu. Jonathan war der Feldwebel in der Mannschaft, er war verantwortlich dafür, die Ausrüstung an alle auszuteilen. Er war derjenige, der deinem Vater den verfluchten Sprengstoff gab. Dein Vater hat sich auf ihn verlassen. So ist das bei uns. Kameraden sind wie Brüder, jeder von der Mannschaft hat mich bestimmt schon mindestens einmal vor dem Tod gerettet. Kompromisslos, wie Brüder, wie ein Liebespaar durch Feuer und Wasser, verstehst du? Wir konnten nichts beweisen, obwohl wir es alle wussten. Nur ein Trottel hätte es nicht begriffen. Keiner hat gesehen, dass Jonathan an der verdammten Ladung herummachte, sie präparierte, bis sie einfach auf dem Körper deines schönen Vaters explodierte. Wir hatten zu viel Angst, um laut zu sagen, was wir wussten, wir wollten nicht wahrhaben, dass der niederträchtige Mord wirklich passiert war. Hasse uns nicht dafür. Bitte, sei nicht böse auf mich.« Nathan weinte ein bisschen, ich umarmte ihn, und er entschuldigte sich wieder. Seit der Sache mit seiner Frau sei er ein gebrochener Mensch, geschwächt. Ich wollte ihn mit meiner Umarmung schützen. »Weißt du, ich habe schon seit drei Jahren mit keiner Frau geschlafen. Ich hatte sogar Angst zu onanieren, ich hatte das Gefühl, als würde ich meine Frau betrügen. Ich bin das Einzige, was sie am Leben hält, meine Liebe, verstehst du? Ich darf sie nicht betrügen.« Die Sonne versank zwischen den weißen Bergen, von fern hörte man den Nachhall einer dumpfen Explosion und von Schusssalven. In einem der Dörfer jenseits der Grenze im Libanon wurde ein Feuerwerk abgeschossen, blau, rot und grün, wobei wir es nicht sahen, nur den Widerschein über den Bergen, über den Spitzen. »Ich hatte Angst, wenn ich sie betrüge, würde sie sterben«, er schluchzte wieder, meine Synthetikuniform wurde nass von seinen Tränen. »Sie wird mir sterben, ganz allein, und ich werde einsam übrig bleiben.«

Ich küsse ihn. Anfangs zögert er, dann lässt er sich mitreißen. Er giert nach mir, nach meinem Körper, wie ein Holocaustüberlebender nach Essen, mager und narbig. Und voll vibrierendem Rachedurst. Seine Knochen fiebern mit sterbender Glut. Er ist nicht bereit, dass ich das Hemd ausziehe, will meine Brüste nicht berühren, die Warzen nicht küssen. Hält sich nicht mit Erklärungen auf. Vielleicht ist er so, weil seine Frau Brustkrebs hat. Ich habe es am liebsten, wenn man an meinen Brustwarzen lutscht, das macht mich feucht wie eine stillende Frau. Ich habe auch durchaus schöne, weibliche Brüste. Er dringt schnell ein, meine weißen Schenkel, das dunkle Auto, ich sehe ihn kaum, bevor ich ihn spüre. Ich fühle und liebe ihn. Fühle ihn lebendig in mir, sich einen Weg zu meiner Gebärmutter, zu meinen Erinnerungen bahnend. Klebrig. Teilt die Wände des nassen Fleisches, ganz und gar lebendig in meinem Innern. Explodiert völlig. Seine Atemzüge sind heiß, schwer, entschieden, riechen gut nach Parfüm. Seine Bartstoppeln kitzeln die Haut meines Gesichts, mein Körper atmet seine Lenden. Sie flattern in mir, beziehen Leben von den Toten. Ein echtes Gefühl von Vater.

Ich schwieg, rührte mich nicht. Er kam schnell. Ich spürte den Samen, er traf wie in einen Korb, sammelte sich heiß in mir. Einen Moment darauf zog er sich ruckartig zurück. Ich zog mich schnell an, damit die Flüssigkeit nicht aus mir herauslief, doch ich hatte den Zeitpunkt schon verpasst. Ich spürte den Erguss langsam bis zu meinem Knie hinuntertröpfeln. Endlich fühlte ich mich aufgebrochen. Wir rauchten. Nathi versuchte, den Blutfleck auf dem Polsterüberzug zu reinigen. Er habe ein spezielles Spray, erklärte er mir. Nicht dass ich zugehört hätte. Eine Stunde nachdem wir fertig waren, schweigend dasaßen, vibrierte sein Beeper. In dem stillen Raum erzeugten die Vibrationen des winzigen Geräts einen ohrenbetäubenden, vernichtenden Lärm.

Meine Mutter starb zum zweiten Mal an jenem Tag in der Schule, als eines der Kinder sie fragte, ob sie meinem Vater treu geblieben sei. Es herrschte Stille in dem verschlissenen Turnsaal, dessen sich schälende PVC-Beläge schwarzen, schmierigen Beton entblößten und der für die Gedenkzeremonien in der beschissenen Schule hergenommen wurde. Meine Mutter weinte. Ihre Antwort und ihre Lügen hörte ich nicht. Ich hatte mich schon hinausgeflüchtet zum Himmel, der ausgebleicht vom Wüstenwind war, zur Stille und Hitze nach der Gedenktagssirene. Nur der Anblick von George bremste mich, der bei offenem Fenster im Fahrersitz saß, auf sie wartete, das Sitzpolster durchschwitzte wie ein Schwein und mit der Antenne des Mobiltelefons, das Mama ihm gekauft hatte, im Ohr stocherte. Dass er mich bloß nicht sah und es Mama petzte. Nachdem er mit einem Ohr fertig war, schmierte er das Schmalz auf die Polsterung und nahm sich lächelnd das zweite Ohr vor.

Es war seine Frau, sie lag im Sterben. Das war die Nachricht, auf die er gewartet hatte. Die bittere Botschaft, dass seine Frau im Begriff war, endgültig zu sterben. Er schaltete die Klimaanlage aus, es herrschte schon Nacht, und wir waren allein auf den Straßen im Norden. Er ließ das Fenster bis zum Anschlag herunter und hängte seinen Ellbogen hinaus. Man sah an seinen Handmuskeln, dass er ein starker Mann war. Die glühende Hitze war gebrochen, der Wind blies schon kühl. Ich spürte, dass der Wind jetzt endlich durch mich hindurchpreschen konnte, in mich eindringen. Der Wind blies in mir. Erschütternd, beängstigend. Schüttelfrosterregend. Er beschleunigte den Jeep immer weiter, trotz der Kurven, die mich mit gewaltiger Kraft an den Sitz nagelten. Ich hatte das Gefühl, dass wir fast zermalmt wurden. Ich habe in solchen Situationen den schwachsinnigen Reflex, nach dem Türgriff zu langen. Auch das Städtchen Schelomi durchquerten wir rasend. Dass bloß kein Kind oder Hund auf die Straße sprang – bei dem Tempo würden wir nicht bremsen können. Wir würden sie totfahren. Ein Polizist hielt uns bei der Ortsausfahrt an, er verlangte die Papiere. Diesmal war Nathi verschwitzt, blieb sitzen. Der Halt tat mir gut. Der Wind beruhigte sich, löste seine verfluchte Umklammerung. Erst jetzt spürte ich die warmen Tränen auf meinen Wangen. Als ich die salzigen Tränen fühlte, fing ich wirklich an zu weinen. Der Polizist leuchtete mit der Taschenlampe ins Wageninnere. Er ließ den Lichtstrahl auf mir verweilen, während Nathi nervös die Papiere im Handschuhfach suchte. Er fragte Nathi: »Warum weint das Mädchen? Haben Sie ihr etwas getan?« Nathi hielt die Antwort schon parat: »Das ist meine Tochter, ich habe sie gerade von der Basis abgeholt. Verstehen Sie, ihre Mutter liegt im Rambam im Sterben. Sie sagen, sie wird den Morgen nicht mehr erleben. Wir müssen sie besuchen, bevor ... bevor sie ...« Nathi weinte, blickte mich an, um sich zu vergewissern, dass ich sein Theater nicht ruinierte. Der Polizist entschuldigte sich für die Verzögerung und zerriss den Bericht, den er zu schreiben begonnen hatte. Warf die Fetzen auf den Asphalt. Der Wind der vorbeifahrenden Autos wirbelte die Fetzen in die Höhe. Nathan setzte seine wahnsinnige Fahrt fort. Ich hoffte, dass er sich noch daran erinnerte, mich an irgendeinem Bahnhof abzusetzen, bevor wir mit einem anderen Wagen zusammenstießen und starben. Diese Fahrt musste ein Ende haben. Wir fuhren durch Akko, die Vororte, Haifas Lichter rückten immer näher. Nathan verlangsamte nicht, trotz der Ampeln und der Verkehrsdichte auf der Straße. Er überholte links und rechts, schoss zwischen erschreckten Fahrern bei Rotlicht durch. Sicher liebte er seine Frau, noch nie hatte ich eine solche Liebe gesehen. Ich fühlte mich schuldig. Als wir den Checkposten erreichten, wurden wir abgebremst. Es gab einen langen Stau, ein Gewühl von Autoscheinwerfern und Gehupe. Nathi fluchte, ich auch, er schlug wütend aufs Lenkrad. Dann rauchte er und beruhigte sich etwas. Er streichelte meine Wange, die noch tränennass war. »Adi, kann ich dich um etwas bitten? Meine Tochter ist in Südamerika, weißt du, und meine Frau, du verstehst, es ist wichtig, sich von ihr zu verabschieden vor ihrem Tod. Sag, würde es dir was ausmachen, ihre Kleider anzuziehen? Ihr ähnelt euch sowieso wie ein Ei dem anderen. Du weißt, wie wichtig das ist. Das ist ihre letzte Bitte, weißt du.« Ich fragte, ob seine liebste Frau den Unterschied nicht merken würde, Mütter erkennen die Frucht ihres Leibes für immer und ewig. Nathi schnarrte mich fast verächtlich an: »Sie hat einen Tumor von drei Kilo im Kopf, es ist ein Wunder, dass sie überhaupt weiß, wer sie ist! Sie kackt nicht mal allein!« Ich hatte Angst, er würde mich schlagen. Seine Nasenflügel waren gebläht, ebenso seine Muskeln, die sich unter dem Anzug abhoben. Er sah aus wie ein wütender Gorilla mit gebleckten Zähnen, bereit zum tödlichen Angriff. Ich schämte mich, aber ich willigte ein. Die Kleider seiner Tochter lagen auf dem Rücksitz, zusammengefaltet und ordentlich gebügelt, als ob er im Voraus das ganze blöde Theater vorbereitet hätte, schon bevor er mich überhaupt getroffen hatte, bevor wir miteinander gesprochen hatten. Wie konnte er sich seiner so sicher sein? Ich zog die Uniform aus und versuchte, in die Kleider seiner Tochter zu schlüpfen, während einer schnellen Fahrt auf der Unabhängigkeitsstraße, im unteren Stadtteil von Haifa. Nathi verlangsamte nicht, um es mir leichter zu machen. Ich schlug alle Augenblicke gegen den

Sitz. Eine Bande arabischer Ganoven, der Wagen mit Neon beklebt. Ich hatte nur Büstenhalter und Unterhose an. Sie pfiffen und hupten, versuchten, sich an den Jeep zu drängen. Es brauchte eine Weile, bis Nathan sie bemerkte, doch dann zog er einen Revolver unter dem Sitz hervor, signalisierte ihnen, es würde sich lohnen, wenn sie sich jetzt von mir entfernten. Für den Bruchteil einer Sekunde glaubten sie ihm nicht, bis er mit einer Hand den Abzug spannte und entsicherte. Im offenen Fenster zielte er auf sie, seine Hand war stetig, stark, umklammernd. Sie wurden langsamer und fielen zurück. Der Parfümgeruch der Tochter hing trotz Wäsche immer noch in den Fasern ihres rosa Pullovers. Sie hatte offenbar genau meine Größe, nie im Leben hätte ich ein solches Rosa getragen, eine widerliche Farbe. Er hatte kein Detail vergessen: Büstenhalter, Schuhe und Parfüm – alles hatte er im Voraus bedacht. Alles von seiner Tochter. Ich wurde mit dem Anziehen eine Sekunde, bevor wir einparkten, fertig. Die Schuhe waren ein Treffer, meine Größe. Sogar die. Er hielt eine Sekunde inne, um mich anzuschauen, sein Lächeln erlosch, fast perplex von dem neuen Anblick. »So ein Scheißdreck, wie konnte ich die Schminke vergessen?! Meine Tochter hält was auf sich, sie geht nie ohne Schminke aus dem Haus. Shit, ich bin so was von blöd … Bist du fertig?«

Ich sagte schon nichts mehr. Ich hätte zum Sterben gern gewusst, ob er das Ganze im Voraus geplant hatte, vielleicht würde ich ihn nachher fragen. Es fiel mir schwer, sein Tempo mitzuhalten, er rannte fast. Im Eiltempo zu der Station. Und ich auf den hochhackigen Schuhen, die überhaupt nicht meine waren. Die Intensivstation befand sich im zweiten Stock. Auf der Treppe rutschte ich aus, fiel nach vorn und suchte Nathi, damit er mir beim Aufstehen half, doch er war nicht mehr da. Ich war allein auf den Stufen, allein. Es fiel mir schwer, in die Höhe zu kommen, denn ich hatte mir den Knöchel verdreht, wie es schien. Ich hinkte der Beschilderung nach zu der Abteilung.

Nathi schickte mich wortlos mit einer gewaltsamen Umarmung hinein. Er flüsterte mir nur ins Ohr: »Es ist die Frau in Bett Nummer sechs.« Wenn ich mich im Bett irren würde, wäre unser ganzer Plan beim Teufel. Ich fand das Bett. Die Frau dort wirkte narkotisiert. Sie war kahl, ihr Gesicht aufgedunsen und violett. Ein kleiner Mund, weiße Lippen. Man hatte ihr den Mund mit Gewalt aufgesperrt, ihre Zunge war mit einer Binde an der Wange befestigt. Ein Schlauch war mit ihrer Lunge verbunden. Ihr ganzer Leib war durchlöchert, verschiedene Säckchen voll unterschiedlicher Farben rings um das Bett. Ich wollte davonlaufen. Diese Frau war ganz und gar Tod.

Der Arzt und die Schwestern hinter der Theke blickten mich mit bohrender, allzu menschlicher Neugier an. So wie bei den Staus, die die Fahrer verursachen, wenn sie verlangsamen, um sich die Verwundeten bei einem Unfall anzusehen. Vielleicht waren sie auch misstrauisch mir gegenüber, und zu Recht. Sie witterten sicher die Lüge an mir. Ich konnte sie regelrecht hören, wie sie es in die Welt schrien: Sie ist nicht ihre Tochter. Sie tut nur so. Ich betrachtete die sterbende Fremde, über ihr eine Reihe von Monitoren, und die Wand, die vor kurzem in Cremebraun gestrichen worden war. Sie hustete und öffnete die Augen zu Schlitzen. Wie ein in Spinnennetzen bis zu seinem Tod gefangenes

Insekt wurde ich zu ihr hingezogen. Es fiel ihr schwer zu sprechen, ein trüber Schlauch füllte ihren Mund fast vollkommen aus. Mit einer immensen Anstrengung reichte sie mir ihre Hand. Er hatte gewollt, dass ich meine Hand mit ihrer verschränke. Ihre Hand war heiß und rau. Die ineinander verschränkten Hände zog sie an ihre Brust. Ich spürte ihre Herzschläge, schwach und mager wie sie, zerbrechlich. Ich fühlte ihre einzige Brust, die, die nicht abgenommen worden war. Die Brustwarze war steif aufgerichtet wie zum Stillen. Die Geräte pfiffen ab und zu. Die Anzeigen gingen auf und ab. Die nackte Frau unter der Wärmedecke. Ihr Blick wollte mir etwas sagen. Es tat mir wirklich leid, ich hätte das nicht tun sollen. Ich weinte wieder. Auch sie weinte, ruhig. Ich hatte es gewusst, denn es war eine Lüge, alle sahen es. Die Frau drückte meine Hand mit mütterlicher Liebe, flüsterte mit zerstörten Stimmbändern: »Mein Mädchen, ist schon gut, ich verzeihe, ich liebe dich, meine Tochter. Weißt du, ich bin so stolz auf dich, so stolz bin ich auf dich, mein Kind. Wie du den Krieg in deinem Kopf bewältigt hast, mein Schatz, du bist schon völlig bei Vernunft, obwohl die Ärzte etwas anderes gesagt haben. Ich bin so stolz auf dich, und noch dazu mit einem Vater wie dem deinen …« Ihre geschwächte Stimme erstickte fast an dem Schlauch. Der junge Arzt bemerkte, dass wir beide laut weinten, und er stand auf, um mich wegzubringen. Zum Abschied küsste ich sie auf den Mund, ein letzter Kuss mit dem Geschmack bitteren Plastiks. Nur gewaltsam gelang es ihm, mich durch die Türen der Station hinauszutreiben. Ich weinte wieder mit dem ganzen Leib. Nathi lächelte, als er sah, dass ich weinte, das triumphierende Lächeln eines

Menschen, dessen List geglückt ist. Ein bösartiger Mann. Ich nahm den Schlüsselbund, um im Auto auf ihn zu warten und mich zu beruhigen. Wenn ich viel weine, tut mir der Kopf weh. Auch meine Augen schwellen an. In dem atmenden Wagen schlief ich ein. Gegen zwei Uhr nachts kehrte Nathi zurück.

Nathi kam zurück, und es war schon nach zwei. Man sah ihm an, dass er nicht geweint hatte. »Ich habe keine Kraft, nach Hause zu fahren, komm, wir fahren ans Meer, ich bin erledigt.« Ich wollte, dass eines der Mobiltelefone klingelte, die Stille bräche, doch sie blieben stumm. Ausgerechnet heute suchte niemand den Hund. Vielleicht hatte ich wieder Angst. Wir hielten hinter dem Restaurant »Jotvata«, grell neonerleuchtet die ganze Nacht, am Rand von Bat Galim. Neben den arabischen Steinhäusern, über einem kleinen Felsen, träge das schwarze Meer. Er bestieg mich noch einmal, tat mir weh, prüfte überhaupt nicht, ob ich feucht war, drang nur mit Gewalt ein, um zu kommen. Es war bequem für ihn so, weil ich den engen schwarzen Rock seiner Tochter anhatte. Er musste sich nicht damit aufhalten, mich auszuziehen. Er zerriss mir die neue weiße Unterhose, die Mama mir gekauft hatte. Als er ganz drinnen war, spürte ich die Kuppe an meiner Gebärmutter reiben. Er fragte, ob ich die Pille nähme. Nathi fluchte und spuckte eine Menge, wie ein Verrückter kurz vor der Einweisung. Ich gestand furchtsam, dass ich keine Pille nahm, bisher hatte es keinen Grund gegeben. Am Abend hatte es ihn überhaupt nicht gestört. Es war heiß und stickig im Auto. Er ejakulierte im letzten Moment draußen, spritzte auf meinen rosa Pullover, neben mein pochendes Herz. Auf meine Brust, bedeckt mit einem Kleidungsstück, das nicht meines war, und rosa. Als wäre er vor etwas erschrocken, knöpfte er schnell seine Hose über dem Ständer zu. »Sag mal, hat dich Schabi nicht vor mir gewarnt? Das ist nicht das erste Mal, dass er mir so was einbrockt«, sagte er, bevor er einschlief. »Er hat mich schon gewarnt«, sagte ich verliebt flüsternd. »Er hat mir schon gesagt, dass du ein wunderbarer Mensch und ein Scheißkerl von Vater bist. Er weiß, dass du alles kriegst, was du willst. Mein Glück, dass du so pervers bist und dich bloß die Art Vögeln interessiert. Mein süßer Lügner, Nathi. Mein allerschönster Vater.« Nathan reagierte nicht. Vielleicht ist er eingeschlafen, man darf ihn nicht wecken, vielleicht ist er wach, dachte ich. Beide blickten wir aufs Meer, warteten auf den Sonnenaufgang aus der falschen Richtung.

»Nacht, Nacht, eine Feuernacht
wird Heu und Spreu verzehren«

Wir fuhren mit dem Auto nach Haifa. Dort war der Sammelpunkt. Vor der Meldung war ich mit Freunden unterwegs gewesen, wir wollten einen Film in Naharia anschauen, sie hatten mich mitten auf der Strecke erwischt, bei Akko. Man hatte den gestresstesten Soldaten der Kompanie an die Telefone gesetzt. Er hatte es bereits geschafft, meine Eltern zum Rotieren zu bringen, bevor er mich auf dem Mobiltelefon erwischte. Auch mich rief er in Panik an, ein wahres nationales Kleinod. Bis zwei Uhr nachts hatte man bei den Ron-Hallen in Haifa anzutreten. Wohin bringen sie uns?, fragte ich. Er, schon wieder im Endstress, sagte fast wütend, dass er keine Ahnung habe, brach ab, danach riefen meine Eltern an, um sich zu vergewissern, dass ich die Nachricht erhalten hatte. Ich war schon auf der Rückfahrt in die Stadt. Ich organisierte mich schnell, packte eine Menge Unterhosen und Socken ein, ich hatte keinen Schimmer, wann ich wieder entlassen und nach Hause kommen würde. Meine Eltern boten sich mit patriotischer Verteidigungsbegeisterung an, mich nach Haifa zu fahren. Ich ließ ein chaotisches Zimmer hinter mir zurück, alles aufs Bett geworfen.

Ein Gefühl von Ende liegt in der Luft. Möglicherweise ist es das letzte Mal, dass ich sie sehe. Meine Mutter weint leise, die Nacht ist dunkel, der zweite Feiertag von Rosch

Haschana. Alle Gebiete sind plötzlich erleuchtet. Irgendwo im Innern hoffe ich, sie beordern uns zu einem echten Kampfschauplatz. In mir gibt es einen Drang zu kämpfen, zu töten. Das Raustrommeln zu rechtfertigen. Wenn man kämpft, hat man eine irrsinnige Empfindung von Adrenalin und Schärfe. Man sagt, man wird süchtig danach. In dieser Nacht findet das Finale der Olympiade im Kajakfahren statt. Da ist ein Israeli dabei, der die Chance hat, der erste Israeli zu sein, der die Goldmedaille gewinnt. Auf der Fahrt trinke ich eine Dose Bier, die mir meine Mutter als Geschenk aus England mitgebracht hat. Sie ist erst vor einer Woche zurückgekommen. Ich trinke die Dose während der Fahrt, denn ich traue der Zukunft nicht. Das Bier ist warm. Mein Vater sagt mit besorgter Stimme zu mir: »Am wichtigsten ist Soldatengeist. Bewahre soldatische Haltung, und alles geht in Ordnung. Bleib immer in Deckung, und gut zielen vor dem Schießen.« Das ist seine gute Art, mir zu sagen, dass ich vorsichtig sein soll. Er hat Angst um mich. Die Straßen sind leer. An der großen Kreuzung vor dem Rambam-Krankenhaus biegen wir nach links ab, zum Karmel hinauf. Ich treffe als Erster von der Kompanie ein. Es ist noch ein Soldat von einer anderen Schar da, auch sie hat man ausgehoben. Er behauptet, dass sie schon seit gestern sämtliche Einheiten der israelischen Armee zusammentrommeln. Ich verabschiede mich schnellstens von meinen Eltern, sie küssen mich, ich will die Begegnung rasch zu Ende bringen, damit es nicht zu traurig wird. Sie haben Angst, genau wie ich, aber sie regen sich nicht auf. Stecken mir hundert Schekel zu. Ich und der zweite Soldat lehnen an der Steinwand, an die garantiert jede Nacht Betrunkene pissen. Wir rauchen Kette, er ist ein echter Idiot und hässlich. Eine Stunde danach kommen mein Freund und der Kompaniefeldwebel an. Der Parkplatz ist noch leer. Die Autobusse werden erst in ein bis zwei Stunden eintreffen. Wir fangen an herumzulaufen. »Wir werden sterben«, er umarmt mich freudig. Wir kaufen Zigaretten, Böreks und Bierflaschen. In meinem ersten Krieg werde ich betrunken ankommen. Die restliche Zeit schlagen wir mit Gesprächen über Erwartungen und Vermutungen tot. Wir versuchen, sicher zu wirken. Wir sitzen auf dem Zaun des britischen Militärfriedhofs. Alle Gräber in Form von Kreuzen. Die Fläche ist gepflegt, mit Rasen und Blumen. Das Gras ist schon feucht vom Tau, die Gräber ragen weiß auf, es gelingt mir nicht, die Inschriften in Englisch zu lesen. Die Zigaretten drücke ich an den Steinen der Begrenzungsmauer aus und stecke sie in die Tasche, um keinen Dreck zu machen. Unsere Beine hängen in der Luft über dem Rasen. Diese Nacht ist lang, fast endlos. Meine Eltern sollten nun schon zu Hause angekommen sein, wenn ihnen jetzt bei einem Unfall etwas passieren würde, würde ich mich wirklich schuldig fühlen. Auf dem Rückweg zum Sammelpunkt am Parkplatz bleibe ich an der Schawarmaria stehen, werfe einen Blick in den Fernseher. Kalganov, der Israeli, ist auf Platz zwei gekommen, Silbermedaille.

Das erste Mal war am See Genezareth. Wir hatten schon das Ende der Zwölften gefeiert, du hast mich dort angesprochen, erinnerst du dich? Es ist verblüffend, wie viel wir auch redeten, ich versuchte gar nicht, dich zu verstehen. Nachher kamst du zum Schlafen zu mir, gerade als wir geil wurden im Gebüsch, bekamst du deine Periode. Wir gingen sofort zu mir nach Hause. Das war beim Finale der Fußballweltmeisterschaft. Aus allen Häusern hörte ich den Lärm des Spiels, die Reporter, die Pfiffe und die Schreie der Zuschauer zu Hause. Woher wussten sie, für wen sie überhaupt waren in einem solchen Spiel? Es war mir peinlich, dass du die Tampons von meinen Schwestern nahmst. Ich kannte damals die Stärke der weiblichen Solidarität noch nicht.

Es waren die schrecklichsten drei Tage meines Lebens. Wir kamen mittags an, alle Geschwister, außer meiner kleinen Schwester. Er war mit einem Hubschrauber auf die Intensivstation gebracht worden nach dem Unfall. Sie sagten, unterwegs sei er noch bei Bewusstsein gewesen, ein sehr gutes Zeichen. Er konnte die Namen aller seiner Kinder aufzählen. Im Krankenhaus narkotisierten sie ihn. Das ist ihre Methode, Fälle von schweren Schlägen zu behandeln. Sie behaupteten, es bestünde keine Lebensgefahr, da er ja das Bewusstsein wiedererlangt hatte. Er wurde auf einer Bahre in einen Operationsraum unter der Erde gebracht. Es ist kühl dort. Nur künstliches Licht. Auf dem Weg marschierten wir hinter der Bahre her, als sei sie ein Sarg. Die Operationssäle waren abgesperrt. Manchmal gingen Leute vom Mitarbeiterstab ein und aus, doch für uns hatten sie keine Antworten. Freunde und Familie begannen hereinzuströmen. Sie redeten, bauten Theorien auf, ohne etwas zu wissen. Ich dachte, dass ich eines Tages, nachdem das Ganze zu Ende wäre, hierher zurückkehren würde, um zu schreiben, um die Ängste anderer Menschen auszubeuten, um etwas Echtes zu schreiben. Der Warteraum wimmelte vor Gefühlen wie Maden. Vibrationen von Menschen, in echt. Erst am Abend kam die Chirurgin heraus, erklärte uns die Operation, die ihrer Behauptung nach erfolgreich verlaufen war. Wie bei Jesus hatten sie seinen Körper mit Nägeln gespickt. Noch eine Gehirnaufnahme und direkt ab in die Intensivstation. Erst in zwei Tagen würden sie ihn aufwecken. Am Abend ließen sie uns zu ihm. Sie hatten die Wunden mit Nähten und Polidyn verschlossen. Ihn an sämtliche Maschinen gehängt. Kein System funktionierte momentan allein. Wir saßen betreten auf den rosa Fliesen, wussten nicht, was wir mit uns anfangen sollten. Der nächste Besuch war erst am Vormittag erlaubt. Am gleichen Morgen, bevor ich es gewusst hatte, hatte ich zehn Päckchen Zigaretten gekauft. Sozusagen zehn Richtige.

Ich weiß nicht, ob man uns jemals als Paar definiert hat, ich war zu sehr auf mich selbst konzentriert zu jener Zeit. Du kamst zweimal in der Woche zu mir, um bei mir zu schlafen. Ich wollte nicht bei dir schlafen, ich war verwöhnt und im Begriff, das Haus zu verlassen. Als wir uns zum ersten Mal küssten, schob ich dir Weißwein in den Mund wie ein Vogel seinem Küken. Ich hatte ein Interesse, ich wollte dich betrunken. Du standest damals wahnsinnig auf Eviatar Banai, du hast auch gesagt, dass du alle seine Lieder auf dem Klavier spielen kannst. Ich hatte damals noch lange Haare, wir machten eine Einberufungsparty für meinen Freund im Wäldchen, an unserem Stammplatz. Wir kauften einen Kasten Nescherbier. Ich kümmerte mich an diesem Abend fast überhaupt nicht um dich. Erst nachdem ich genug getrunken hatte, nahm ich dich in ein dunkles Eck mit. Wir waren nackt, und ich legte mich auf dich. Es war die erste Augustnacht. Du erlaubtest mir nicht einzudringen. Ich war schon fast drin. Ich spürte ihn, wie er sich in deinen weichen Körper grub. Halb vereinigt. Sich einen Weg bahnte. Wenn ich nicht so betrunken gewesen wäre, hätte ich dich nicht gefragt. Du warst Jungfrau. Wir kehrten zur Clique zurück, beide unzufrieden. Beinah wütend, leichte Tränen in den Augen. Mein Freund flüsterte mir zu, dass ich dich nicht so behandeln dürfe. Es war mir egal, ich war damals ein Dichter. Ich wollte nur alles austrinken und Schluss … Ich hatte das Gefühl, dass ich noch ein Jahr zu leben hatte, und ich wollte, dass man mich bewunderte. Im Leben. In der Nacht schliefst du bei mir zusammen mit noch einem Partygast, der weit weg wohnte. Alle drei in einem Bett. Wir küssten uns still, um ihn nicht zu wecken. Ich drängte deinen Kopf nach unten, damit du mir einen bläst. Zu meiner Überraschung machtest du mit. Dein Mund war klein. Du warst ungeübt, verletztest mich mit den Zähnen. Es fiel mir schwer, so zu kommen. Ich half auch selber nach, um schneller zu kommen. Du machtest mit deinem Mund weiter, aber wie üblich passiv, unterwürfig. Ich spritzte in deinen Mund, ohne nachzudenken. Ich war glücklich und ganz. Du bist aufs Klo geflüchtet, um auszuspucken oder so was. Ich hatte Angst, dass du Lärm machst und meine Eltern weckst. Ich blieb sogar wach und wartete auf dich. Ich fürchtete, mein Freund würde aufwachen. Überhaupt nicht angenehm. Zwei Wochen lang danach redeten wir nicht miteinander, du riefst nicht an. Ich hatte meine eigenen Dämonen. Ich traf dich wieder am See Genezareth an jenem Strand, an dem das Ganze angefangen hatte. Ich rief dich beiseite, um zu reden, ich wusste schon, was ich wollte. Ich biederte mich an und entschuldigte mich, am

Schluss küssten wir uns wieder. Ich ließ so etwas fallen wie, ich fühle mich gut mit dir, es macht Spaß zusammen. Ich schämte mich, mehr zu sagen. Am Ende schob ich wieder deinen Kopf nach unten, wir beide noch angezogen. Du warst einverstanden unter der Bedingung, dass ich diesmal nicht in deinem Mund kam. Ich schwor es. Diesmal warst du geschickter, gewalttätiger, machtest wirklich Schnitte in mich. Ich beklagte mich nicht, hatte ein bisschen Angst. Mit Absicht kam ich in deinem Mund, zufrieden mit mir selber, du konntest dir nirgends den Mund ausspülen. Mädchen nach dir haben mir erklärt, dass das die beleidigendste Sache der Welt sei. Sie liebte ich. In der Nacht verschwandest du am Strand, das war das letzte Mal, dass wir miteinander sprachen. Anscheinend fürs ganze Leben.

Ich bin jetzt im Kibbuz. Am Abend rauchen alle Marihuana, ich bemühe mich, nicht mitzumachen. Ich habe es meiner Freundin versprochen. Eine Woche im Voraus wusste ich, dass wir den Teich Nummer sechs auflösen, auf der anderen Seite der Straße. Dieser Teich hat keinen Betonuntergrund, und wir stapfen die ganze Zeit schwerfällig bis zu den Knien im Schlamm. Ganz langsam drainieren wir das braune Wasser aus dem Becken, spannen Netze. Wenn die Netze voll mit Fischen sind, ist das ein gutes, fast glückliches Gefühl. Die Fische kämpfen, wenn sie den Würgegriff des Netzes spüren. Ihre Kraft wächst, es ist ihr verlorener Existenzkrieg. Sie spritzen mit den Schwänzen Wasser über die Fischer, ich nehme mich in Acht, dass das Wasser meine Kontaktlinsen nicht hinausschwemmt. Bei der Auflösung arbeiten alle zusammen, reden, ich bin der Einzige in der Mannschaft, der nicht aus dem Kibbuz ist. Man arbeitet bis zum Sonnenuntergang um sechs Uhr abends, nach einem Dutzend Stunden an einem solchen Tag schmerzen die Muskeln. Ich möchte eine Geschichte über die Gefühle eines Fischs im Fischteich schreiben. Ich habe noch ein paar Geschichten im Kopf, aber es ist zu früh, erst vor zwei Wochen habe ich endgültig das Militär verlassen. Man arbeitet mit nackter Brust, meine ganze Haut ist verbrannt, auch rot von den Kratzern der Fische. Sie versuchen nur zu leben. Bei ihrem Kampf hinterlassen sie auf dir eine Art Saft aus Schuppenschleim und klebrig-grausamem Schlamm. Erinnert eine Spur an Samenflüssigkeit. Ich liebe den Geruch dieses Morasts, er ist ziemlich erfrischend. Wenn man eine Wasserschildkröte im Netz findet, wirft man sie heftig gegen die Steine am Uferrand. Gelingt es, hört man das Knacken vom Brechen des Panzers. Wasserschildkröten können einen manchmal kräftig in die Haut beißen. Schon seit ein paar Tagen reift in mir eine Geschichte über den Fischtransport mit dem Lastwagenfahrer, der meinen Vater bei einem Unfall tötete. Ich male mir aus, wie die Geschichte enden wird, versuche nachzuvollziehen, wie ich mich in einer solchen Situation fühlen würde. Ein Fischliefertransport ist ein sehr intimer Akt, eine Art Schicksalsgemeinschaft zwischen dir und dem Lastwagenfahrer für eine Nacht plus einen halben Tag. Man ist immer müde beim Transport. Immer hat man so ein poetisches Gefühl, dass man eine Art symbolische Konkretisierung des Staates Israel erlebt. Alle Fahrer hören in der Nacht Kanal zwei im Radio, am liebsten haben sie Montagnacht, da läuft diese Sendung von Jossi Sajas, wo Leute anrufen, um von ihren Problemen zu erzählen. Sie sind normalerweise dumm. Am Schluss werden die Probleme gelöst. Dem Fahrer wird ein Tribut von zehn Fischen überlassen, das ist ein ungeschriebener, aber klarer Brauch. Jetzt ist Rosch Haschana, die Zeit der Feiertage. Der Leiter des Fischzuchtbereichs, ein wirklich guter, netter Mensch, will so viele Fische wie möglich absetzen. Ich schätze ihn sehr. Er ist der älteste Sohn einer Familie des Kibbuzadels. Sein Vater ist ein teurer Mensch. Ein ehemaliger jüdischer Untergrundkämpfer, ein Palmachnik. Er ist sozusagen der Mufti des Kibbuz, das inoffizielle Oberhaupt. Er ist auch der vom Rabbinat autorisierte Eheschließer dort. Einmal nahm er mich sogar in eine Ausstellung mit. Er war siebzig damals, aber wir haben wirklich miteinander geredet. Ich wünsche ihm nur das Beste. Im Umkleideraum der Fischzucht, neben dem alten Schuppen, gibt es einen Stapel Playboys in einem der Schränke. Beim Frühstück in der alten Baracke wird hauptsächlich getratscht. Sie vertrauen darauf, dass ich Klatsch über die Jungen weiß. Die meiste Zeit enttäusche ich sie, ich bin nicht besonders eingeweiht. Wenn wir fertig sind, ist das Fischbecken leer und riesig. Die Schilf- und Papyrusstengel, die ihren Halt im Wasser verloren haben, wirken eingefallen und entwurzelt. Wie in dem Gedicht des sterbenden Teichs in Peter Meiroms altem Fotoband. Er hat recht: Das Rascheln der Netze auf der Wasseroberfläche ist der beruhigendste Klang der Welt. Es ist nur dunkler, tiefer, zäher Schlamm übrig geblieben. Winzige Fischchen zappeln darin, am Ersticken. Es hat keinen wirtschaftlichen Wert, sie einzusammeln. Diese Fischchen sind der freie Auswurf der Fische im Becken – sie werden nicht zu Speisefischen heranwachsen. Es bleiben auch einige Wasserschlangen zurück, meine größte Angst in den Fischteichen. Tausende weißer Vögel landen, um die übrigen Fischchen zu fressen. Sie reinigen für uns das Becken. Diese Fische würden in jedem Fall sterben. Ihr Schicksal ist besiegelt. Reiher, weiße und schwarze Störche, Blässhühner, Pelikane und Kormorane – alle sind sie da in einer kreischenden Fressorgie. Manchmal bin ich verlockt, einen Stein nach ihnen zu werfen, um zu sehen, wie sie alle mit einem Schlag auffliegen. Eine ängstliche, lebendige und schreiende Wolke. Man kann auch mit dem Jagdgewehr auf sie schießen. Der Unfall meines Vaters passierte einen halben Kilometer von der Fischzucht entfernt. Ich schlafe auf der Rückfahrt, der ganze Körper tut weh. Außer dem Bereichsleiter, der fährt, schlafen alle. Es sind wirklich brave Leute. Lieben es, übers Vögeln zu reden wie die Kinder, die wir mit achtzehn waren. Als ich endlich im Kibbuz eintreffe, stehen ein paar Freunde von mir draußen, am Eingang zu unseren Zimmern. Sie sind geduscht, angezogen und gekämmt. Zu dieser Zeit schlafen alle nach der Arbeit. Sie haben sich schon einen großen Wagen vom Kibbuz genommen, in der Verwaltung hat man ihnen einen Gefallen getan.

Sie wurde heute Morgen bei einem Anschlag an der Miron-Kreuzung verletzt. Sie ist schwer verletzt. Jetzt liegt sie auf der Intensivstation im Rambam-Krankenhaus, man hat sie per Hubschrauber evakuiert. Sie ist ohne Bewusstsein. Die Freunde bieten mir an, auf mich zu warten. Eine Verletzung im Stammhirn, ein Splitter ist eingedrungen. Sie fuhr zur Armee. Ich presse durch die Zähne, dass sie nicht auf mich warten sollen, ich würde beim nächsten Mal mitkommen. Ich habe bis jetzt gearbeitet. Blicke ihrem Wagen nach, wie er aus dem Kibbuztor rollt, und ziehe Joggingkleidung an.

Ich habe auf einen Menschen geschossen am zweiten Tag des Rückzugs aus dem Libanon, an dem Morgen, an dem alles zusammenbrach. Ich bewachte eine Stellung an der Grenze, die das Tor und den Weg sichert, der zum Karkom-Posten hinaufführt. Ich schob allein Wache, es hatte eine Warnung über Raketenschüsse auf Panzer bei uns gegeben. Durch das Fernglas, das fünfzehnfach vergrößerte, suchte ich die ganze Zeit die Terroristeneinheit mit der Rakete, die mich töten wollte. Sie versteckten sich bestimmt schon im Dickicht der Bäume. Ich würde sie nie entdecken. Ich hätte die Leute gern gekannt, die mich vielleicht töten würden. Es ist unschön, einen solchen Augenblick mit Fremden zu teilen. Gewusst, wer sie sind, wie sie ihre Kindheit verbracht haben, wie ihre Eltern aussehen, ob sie stolz auf sie sind. Ich hoffte, dass auch sie verliebt waren. Es ist schwer, in einer so gewalttätigen Welt allein zu leben. Eine Stunde nach Sonnenaufgang tauchte vor mir ein Fotograf irgendeines fremden Fernsehsenders auf, von der anderen Seite der Grenze her, draußen vor dem Tor. Er wollte mich filmen. Ich lehnte das Interview ab. Ein Soldat darf sich nicht ohne Genehmigung interviewen lassen. Er fuhr einen schwarzen Leihmercedes. Wir schrien auf Englisch einer zum anderen hinüber, ich hielt den Lauf der MAG die ganze Zeit auf ihn gerichtet. Nur eine der Bewegungen, die in mir schon verankert sind, und er wäre in weniger als einer Sekunde mausetot. Schwere Kugeln würden seine Eingeweide zerfetzen, sie verspritzen. Einmal zeigten sie uns ein

Bild von der Leiche eines Terroristen nach einem Treffer mit einer MAG. Es blieb nicht viel, wirklich zu verachten. Er trug eine Sonnenbrille, sein Haar war schon voll modischem Grau. Schwarzer Leinenanzug. Bestimmt vögelte er viel. Wir alle sind von einem Kriegsberichterstatter beeindruckt. Auf Partys ist er sicher der interessanteste Mensch, der Glanzpunkt des Abends. Am Schluss gab er es auf mit mir und ließ mich stehen, um sich eine andere interessante Geschichte zu suchen. Ich genoss diese Stille, den warmen Morgen eines Tages gegen Ende des Frühlings. Summende Ruhe. Die Stunden verstrichen behaglich. Ich weckte meine Ablösung nicht auf, ich ließ es mir gutgehen, hatte Zeit zum Denken. Nur beim Militär hat man genug Zeit, wirklich nachzudenken. Zwei Leute mit Helm auf einem Motorrad näherten sich von der libanesischen Seite her dem elektrischen Grenzzaun. Sie waren schon um die Vierzig, bärtig, beide ein bisschen dick um den Bauch, Krankheiten des reiferen Alters. Sie trugen Kampfanzüge in Beigebraun. Beide hatten eine Kalaschnikow in der Hand, mit Magazin drin. Am Motorrad eine Fahne, die ich nicht identifizieren konnte. Auch in der Fischzucht hängten wir eine Fahne an den Traktor, um die Vögel zu verjagen. Sie lächelten, ich lächelte reflexartig zurück. Vielleicht waren sie Exsoldaten der Südlibanonarmee. Das Motorrad bremste, und sie stiegen zwanzig Meter von mir entfernt ab, baten mit Gesten und einem Lächeln darum, die Grenze passieren zu dürfen. Ich hatte über Funk schon gehört, dass Tausende solcher Exsoldaten und ihre Familienangehörigen aus dem Libanon flohen, aus Angst vor Rache. Es waren nur ich und sie, der Rest schlief. Erschöpft. Plötzlich erkannte ich den Schriftzug auf der Fahne, es war die Fahne der Amal. Eine palästinensische Organisation, deren Name »Hoffnung« bedeutet. Sie waren Terroristen. Sie bemerkten nicht, wie ich langsam auf sie zielte, die Körpermitte ins Visier nahm, entsicherte. Die MAG schießt nur in Salven. Ihr Blick war überrascht, wie auf frischer Tat ertappte Kinder. Vielleicht hatte auch sie die friedliche Ruhe des Frühlingstages befallen, sie hatten vergessen, dass sie Terroristen waren, vergessen, dass sie gekommen waren, um mich zu töten. Sie schossen nicht zurück, aber mein Lärm hatte alle schon aufgeweckt. Ich erschrak vor der Schärfe meines Denkens, alles wurde so glatt und klar. Bewegend wie das erste Mal mit einer Frau, die du wirklich liebst. Die gleiche Selbstzufriedenheit, das gleiche blöde Lächeln. In diesen Augenblicken wollte ich wirklich töten, wehtun, einen anderen Menschen zerstören. Am Abend erzählten sie mir von dem Journalisten, dass er aus Versehen getötet wurde. Er fuhr mit Libanesen in einer Kolonne nach Karkom, sie waren sicher, dass wir schon abgezogen waren. Er wollte sie filmen, wie sie befreit auf der Ruine des Postens der Besatzungsarmee tanzten. Die Bilder würden in alle Nachrichtenausgaben der Welt kommen, Ruhm. Er verbrannte zusammen mit ihnen in einem Auto achthundert Meter weit weg von da, wo ich war. Die Granate eines Panzers war ein direkter Treffer. Danach stellten sie die Tötung mit einer Flugabwehrrakete und Handgranaten sicher. Am Schluss zerstörten sie die Leichen und das Fahrzeugskelett mit einem Panzer. Es bestand der Verdacht, dass die verkohlten Leichen vermint waren. Es tat mir leid für diesen Korrespondenten. Hatte das Gefühl, als ob ich ihn gut gekannt hätte. Das Gespräch am Morgen hatte mir eine holprige Empfindung wahrer Freundschaft gegeben.

Ich sah sie einmal in einem Klub, zwei Monate nach dem Unfall meines Vaters. Es war eine bedrückende Zeit. Ich trank zwei, drei Liter Bier am Abend, ging mit meinen Freunden mit, sie gingen tanzen. Eine Stunde nachdem wir eingetroffen waren, war ich schon betrunken, völlig berauscht. Überspannt. Versuchte, die Wirklichkeit abzuwiegen, ging zum Spiegel in der Toilette, der mit Kotze verdreckt war. Dort sah ich noch ein bisschen toter aus als üblich. Ich liebte die Schwere im Alkohol. Ich verstehe nicht, wie Menschen in meinem Alter in diesen Klubs Partner finden. Schwierig, jemand zu verstehen, schwierig zu reden. Der Rauch und das flimmernde Licht sind erstickend. Und sie wollen die Frauen, hoffen auf sie, auf Zärtlichkeit. Ich weiß es. Sie ziehen sich an, parfümieren sich, Gel im Haar, klebrig wie Samen. Versuchen, Borsten hinzutrimmen, mit denen kein Mensch schön aussieht. Wenn ich an solchen Orten betrunken bin, sitze ich abseits. Ich erinnere mich daran, dass ich ein Dichter bin, wiederhole innerlich Zeilen, die ich geschrieben habe. Das hilft, den Abend herumzubringen. Manchmal stelle ich mir vor, ich sei der junge Cassius Clay, vor den Zeiten von Ruhm und Glanz. Einen Schritt vor dem tanzenden Irrsinn, und in einer Hundertstelsekunde werden dich alle kennen, dich anbeten. Das war fast ein Jahr vor dem Terroranschlag. Auch sie saß dort. Sie sah schöner aus, als ich sie in Erinnerung hatte, hatte sich das Haar wachsen lassen. Ein bisschen dünner war sie geworden. Wir sahen einander an, meine Freunde setzten sich, redeten mit ihr. Zwischen uns gibt es ein ungeschriebenes Gesetz, wir reden nicht miteinander. Jeder für sich. Ich vertiefte mich in einen weiteren Plastikbecher Bier, passte auf, dass ich ihn nicht zerbrach. Wiederholte mir eine Zeile, die ich besonders liebte: »Und das Blut ist jungfräulicher Erguss, und das Blut ist Kinderblut …« Das war der Schluss eines Gedichts, das ich geschrieben hatte. Sie lachte laut mit dem ganzen Kopf, entblößte einen weißen Hals. Vielleicht versuchte sie zu demonstrieren, wie glücklich sie war. Der Klub lag in einem Kibbuz im Jezre'eltal, ich sah die gepflügten, dunklen Felder. Ich konnte die Feuchtigkeit in der Erde riechen. Wie der Geruch einer Vagina, es ist der Geruch reiner göttlicher Fruchtbarkeit. Ich sehnte mich nach Ackern und Pflügen, nach dem windschiefen Schuppen, von dem sie jedes Jahr versprachen, ihn neu zu bauen. Nach der Empfindung des Pfluges, der die braune Erde vor der Aussaat aufreißt. Ich erlaube nicht, dass man mich weinen sieht, das ist ein Preis, den ich ihnen nicht verleihen will.

Die Leute lieben es zu hören, dass du andere Menschen getötet hast, das gibt dir einen Glorienschein. Es macht dich zu einem interessanten Menschen.

Als ich in der Zwölften war, redete ich mit meinem Vater oft über die Armee. Er hatte damals gerade eine Firma aufgemacht und arbeitete viel zu Hause, wenn ich von der Schule heimkam. Wir kochten immer zusammen das Mittagessen und redeten. Damals war er in dem Alter, in dem er mir endlich erzählen konnte, was er durchgemacht hatte, und ich war beängstigt. Ich stellte eine Menge Fragen, sicher, dass mich das Wissen retten würde. Einmal erzählte er mir vom Sechs-Tage-Krieg, wie sein Vorgesetzter ihn am Posten abgelöst hatte und auf der Stelle getötet wurde, durch eine Gewehrkugel ins Gehirn, die sein Leben zersplittern ließ. In jenem Krieg war mein Vater Panzerfaustwerfer, er war bei den Fallschirmspringern, die die Jerusalemer Altstadt eroberten. Ich fragte nach, er hatte nicht an der Klagemauer geweint, es war nett, aber auch nicht so bewegend. Es gab auch Geschichten über den Zermürbungskrieg und den Jom-Kippur-Krieg. Mich bewegte am meisten die Geschichte von der Überquerung des Suezkanals an Jom Kippur, zwei Wochen nach Ausbruch der Invasion. Den Weg machten sie mit leichten Panzerfahrzeugen, aufgeblasene gelbe Gummiboote obendrauf. Die Boote versperrten den größten Teil des Sichtfelds, nur ein schmaler Schlitz blieb seitlich übrig. Es genügte, um das schwere Bombardement zu sehen. Jedes zweite Fahrzeug wurde von einer Granate direkt getroffen. Verbrannte, explodierte. Mein Vater ließ sich nicht weiter über Einzelheiten aus, aber ich malte mir den Anblick der verbrennenden Menschen aus, auf Hebräisch schreiend und blutend. Sie riefen um Hilfe, zu den Leuten der Panzerfahrzeuge, die noch nicht getroffen worden waren. Wie Hunde bettelten sie. Die Schlange konnte nicht anhalten. Sie mussten kämpfen, wenn sie stehen blieben, würden auch sie beschossen werden. Sie waren Reservisten, die meisten hatten Familie. Sicher kannte sich ein Teil untereinander, alte Kameraden. Bis heute haben sie sich das nicht verziehen. Ich hätte nicht verziehen. Mein Vater fuhr mit der Geschichte fort, im Ton seiner Stimme hörte ich die Furcht und den Tod. Er erzählte mir, dass sie während der Fahrt heiser israelische Volkslieder sangen. Vom Staub des Panzerfahrzeugs husteten, das Rasseln des Motors übertönten auf dem niedergewalzten Weg, dessen Felsen zu Staub wurden. So passierten sie jenes Tal des Todes. Es gab auch ein Fotoalbum aus diesem Krieg. Ich interessierte mich für Prozente, für Wahrscheinlichkeit. Ungefähr einer von sechs wurde getötet, einer von drei verwundet. Keine schlechte Quote, aber ich wollte leben. Am Schluss fragte ich wie immer, ob er einen Menschen getötet habe. Er wusste es nicht und wollte es auch nicht wissen. Einen anderen Menschen zu töten, das sei keine stolze Tat, erklärte er mir. In meinem Zimmer schrieb ich nach dem Essen ein Gedicht für meinen Vater, ein Gedicht von Liebe und Stolz, und nannte es Absalom, schämte mich aber, es ihm zu zeigen. Nach dem Unfall kamen in der Trauerwoche Menschen zu uns nach Hause, die mit meinem Vater beim Reservedienst gewesen waren. Sie erzählten auch die Geschichte von der Fahrt zum Suezkanal an jenem verfluchten Jom Kippur. Einer von ihnen hatte Kassettenaufnahmen von dem gemeinsamen Singen in den Panzerfahrzeugen. Er versprach, uns eine Kopie zu schicken, tat es aber nicht. Wir hörten nichts mehr von ihm.

In den zwei Tagen nach dem Unfall versprachen sie, sie würden ihn aufwecken, und alles käme in Ordnung. Auf dem Gang war das Warten eng und eingepfercht. Rosa Fliesen mit Politur. Die weißen Türen, deren Farbe abblätterte und kalten Stahl entblößte, waren abgesperrt. Man konnte nur zur Besuchszeit hinein. Ich betrachtete die anderen Familien, eine Art Brüderlichkeit gemeinsamer Sorge, der gleiche hilflose Blick. Alle waren dort nett zueinander, vorurteilslos. Alle paar Minuten warfen sie einen Blick zu den Türen, als wären sie das goldene Kalb. Wir sprachen zu

Vater, hauptsächlich für uns selber. Er hatte einen Schnitt am Auge, hing komplett an Maschinen, die Zunge an die Wange gebunden wie ein Stück Wurst beim Schlachter, um zu verhindern, dass er an sich selbst erstickte. Die Wunden hatte man mit gelbem Polidyn bestrichen. Man hatte ihn auch rasiert. Nur seine Handfläche war noch hart und warm. Zur Besuchszeit gab es eine lange Schlange, eine Menge Kameraden, wir hatten Privilegien. Wie für irgendeine Attraktion stellten sie sich brav an, um die grünen Kittel anzuziehen und ihn anzuschauen. Ich hasste es, ich hatte das Gefühl, sie entweihten ihn. Fäkalien und Urin wurden in Säckchen aus ihm herausgeleitet, Tütchen drainierten den Eiter und das Blut, Beutelchen beatmeten ihn. Säckchen mit gelbem Mus ernährten ihn mit einem Schlauch direkt in den Magen. Manchmal, wenn man mit ihm redete, machten die Monitore der Herz-Lungen-Tätigkeit einen scharfen Satz nach oben. Wir wollten glauben, dass er uns hörte. Die Ärzte erklärten, dem sei nicht so. Wir versuchten, die Zeit herumzubringen, bis er aufwachen würde. Ein Arzt pfiff auffordernd. Er flüsterte ins Mikrophon: »Ich bin's, Hebron.« Aus dem Lautsprecher hörte man fröhliche Stimmen wie auf einer Party. »Hi, Hebron, komm rein, worauf wartest du?« Ihn liebten sie dort besonders, mehr als die anderen Ärzte. In der Nacht fuhren immer alle, doch ich blieb in der Nähe, bei meiner Freundin in Bat Galim. Falls in der Nacht etwas passierte, sollte wenigstens jemand in der Nähe sein. Von der Promenade sah das Meer schön aus. Sonnenuntergang. Ich fing an zu weinen. Mein Vater wird das Meer nie mehr sehen, sie sagten, ein Auge sei offenbar schon verloren. Im Verhältnis ist er glimpflich davongekommen. Ich musste zu einer Militärzeremonie fahren, an der Einfahrt nach Tel Aviv riefen sie mich an. Meine Schwester weinte. Ich hatte es im Gespür, dass etwas Schlimmes passieren würde. Die Ärzte weigerten sich, mit uns zu sprechen, während sie hastig in der Abteilung ein- und ausgingen. Am Abend war schon Dunkelheit, jetzt war es endgültig. Das Gehirn hatte sich als tot erwiesen, bereits nach dem Unfall. Sie konnten nichts mehr machen. In der Früh würde eine Kommission den Gehirntod feststellen, es würde Freitag sein. Ich wollte die großen Türen eintreten. Die Pforten der Abteilung. Sie ließen uns hinein, damit wir uns verabschieden konnten. Alle weinten. Die Monitore pfiffen weiter wie gewöhnlich.

Jeden Tag fahren sie hin. Jedes Mal laden sie mich dazu ein, und jeden Tag lehne ich ab. Fahre fort, zappelnde Fische aus den grünen Nylonnetzen zu ziehen. Sie erkennt niemanden, die meiste Zeit ist sie betäubt, unter Schock. Der ganze Schädel zerschmettert. Bestimmt würde sie sich freuen, auch mich zu sehen. In solchen Momenten ist alles verziehen. Man ist sich dann nicht mehr böse, versuchten sie mich zu überreden. Gott weiß, warum. Ich fürchte mich zu fragen, aber ich weiß, dass sie jetzt in dem cremebraunen Raum liegt, angeschlossen an Säckchen, Schläuche, Monitore, am Ende des rosa Korridors, die Zunge wie totes Fleisch an die Wange gebunden. Im Bett Nummer sechs, genau wie … Sollte sie wieder lebendig werden und ich sie per Zufall mal sehen, werde ich mich entschuldigen. Falls ich genügend betrunken und ganz bin.

Der Blutmond von Jericho

Drei Tage lang währte das Plündern und Rauben, Vergewaltigen und Erbeuten in den Straßen Jerichos, der verbotenen Stadt. Die Kinder Israels, die die Wüste mit einer Art irrsinniger Gier nach Gold, Schmuck und schönen Frauen erhitzt hatte, bargen ihre Beute hübsch säuberlich im Stoff ihres Gewandes, wie um sie vor den Augen Gottes zu verstecken. Meinen Vater ermordeten sie vor meinen Augen, und ich war erst zehn Jahre alt. Meine Schwester nahm sich ein massiger Kämpfer. Er machte ihr ein Zeichen mit einem schönen versilberten Speer, und sie folgte ihm ins Schlafzimmer meiner Eltern. Die Wände unseres Hauses waren aus Stroh, Häcksel und Lehm erbaut. Ich glaube, es war das erste Mal, dass ich sie splitternackt sah. Sein roter Bart zitterte mit seinem Körper, der sich auf ihr wälzte. Wie ein Hund auf einer Hündin, so erkannte er meine weinende Schwester. Ihr Kopf schlug gegen die Wand.

Nachdem er von ihr heruntergerutscht war, befahl er ihr in seiner Sprache, sich anzuziehen. Damals verstand sie noch kein Hebräisch. Er warf ihr gereizt das Kleid über. Ein Kleid, das sie erst vorgestern von unserem Vater zu ihrem vierzehnten Geburtstag erhalten hatte. Was bei uns das Jahr der Reife bezeichnet. Das Jahr vor der Hochzeit. Sie hatte schon einen Bräutigam. Nur die Götter wissen, wo er jetzt sein mochte. Ich war verhältnismäßig klein für mein Alter, und meine Schwester war alles, was mir im Leben geblieben war. Der Kämpfer bemerkte mich. Nach den Geboten seines seltsamen Gottes hätte ich sterben müssen. Er blickte meine Schwester belustigt an, als er den silberglänzenden Speer auf mich richtete. Am Ende bedeutete er mir, mit ihnen mitzukommen. Die Sonne ging unter, und meine zerstörte Stadt Jericho brannte mit schwerem Rauch. Ihre mächtigen stolzen Mauern waren zu einer rotgefärbten steinernen Woge geworden. Trommelklang und Freudengeräusche stiegen aus dem Lager Israels auf. Die Zelte, das Kleinvieh und das Rind wurden zu einem schwarzen, formlosen Klumpen. Viele der Kämpfer, die aus der Schlacht zurückkehrten, einzeln, in fröhlichen Gruppen, sangen. Einige wenige schleppten die Körper ihrer Kameraden, die gefallen waren, mit sich. Jeder kehrte in sein Zelt ein. Die Zelte waren aus schwarzem gespanntem Schafsleder und verbrannt von der Wüstensonne. Die verschiedenen Lager waren durch leere Zwischenräume unterteilt. Wir schritten inmitten der Menge von Männern, die zu ihrer Familie zurückkehrten. Zwischen all den Lagern stand das Zelt des Anführers in violetter Farbe. Alle Kämpfer gingen dort vorbei, gaben einen Teil von der Beute ab, zu den aufgetürmten Haufen meiner Stadt. Ein Mann in einem dünnen weißen Gewand saß auf einem Stuhl und betrachtete die Kämpfer, die die Beute abluden. Ich wollte zu der Stille zurückkehren, die vor einer Woche geherrscht hatte.

Der Mann stellte sich meiner Schwester endlich vor. Er sagte, sein Name in Israel sei Elifas ben Zofar. Vom Stamme Benjamin, der als Dritter von links in der Zählung der

Stämme lagerte. Sein Zelt war vollgepackt mit Menschen, und wir traten verschüchtert ein, ich lächelte höflich. Eine ältere Frau kam ihm entgegen, berührte ihn ehrerbietig. Elifas legte seinen Speer auf den Boden und aß aus einer Schale, ohne uns etwas anzubieten. Ein Junge, etwas älter als ich, der den Ansatz eines Schnurrbarts hatte, stand da und betrachtete uns. Er zog am blonden Haar meiner Schwester. Es war das erste Mal, dass er solches Haar sah. Auch in Jericho war meine Schwester wegen ihres Haars bekannt gewesen. Schließlich nahm mich die ältere Frau an der Hand und begann mich in ihrer seltsamen Sprache anzuschreien. Als ich mich nicht rührte, schlug sie mich, aber mit der Sanftheit einer Mutter (so empfand ich es zumindest).

In der Nacht stand der blutende Mond über dem Lande Moab. Direkt über der Stadt Cheschbon, deren Brand wir vor zehn Monden gesehen hatten. Ich schlief dicht bei meiner Schwester, die die ganze Nacht zitterte. Als der Mond versank, betrat Elifas die uns zugeteilte Fläche. Er rollte mich von meiner Schwester weg, machte sich nicht einmal die Mühe, sie auszuziehen. Ein schwerer Geruch nach Wein und Schweiß beherrschte alles. Die Tränen meiner Schwester hatten weder Geruch noch Ton. Nach getaner Tat ging er hinaus, sein Samen hatte sich über das violette Kleid ergossen, das bereits abgetragen und tot aussah. Die ursprünglich vorhandenen und die gestohlenen Schafe blökten durcheinander.

So gingen die Nächte mit ihm dahin, und die Tage vergingen mit Arbeiten, die wir beide zu tun hatten. Einmal, als man uns Wasserholen für das Kleinvieh schickte, in Begleitung seines ältesten Sohnes, betraten wir die zerstörte Stadt. Sämtliche Wasserlöcher waren schmutzig und brach. Eine Atmosphäre von Tod und der Geruch nach menschlichen Kadavern war allbeherrschend. Die Schakale und Geier knackten die Knochen auf, hackten die Augen unserer Nachbarn, unserer Freunde, unserer Familie aus. Wir gelangten zu der Wasserstelle, die die Berge ringsherum überblickte. Fliegenstille. Meine Schwester näherte sich dem Rand des Brunnens, um einen Krug zu schöpfen, da stieß sie der Sohn des Elifas, und meine Schwester fiel in den Dreck. Ihr Kleid blieb an einem Stein hängen, entblößte ihr weißes Gesäß. Als sie aufzustehen versuchte, war er bereits über ihr, zerkrallte ihren Rücken, zitternd am ganzen Leib. Meine Schwester wehrte sich bereits gegen nichts mehr.

Eines Abends saßen wir wie üblich bei den Schafen und schwiegen. Da kam ein Mann, weiß gekleidet, um den Hals eine Art glänzende Tafel, mit einer weißen, goldgeschmückten Mütze, doch er war jung. Elifas rannte in den Pferch, um ein Schaf zu Ehren des jungen Mannes zu schlachten. Seine Freude war von kurzer Dauer, nach einer kleinen Weile erhob sich ein Geschrei zwischen ihnen. Der junge Mann ging fort. Er sah wütend und rachgierig aus.

Am nächsten Tag versammelten sich alle Männer der Familie. Elifas' Gattin, glücklich, brachte eine scharfe Klinge. Sie fesselten die Hände meiner Schwester, ihr Kleid war schon zerrissen und grau. All ihr goldenes Haar wurde geschoren und ins Feuer geworfen. Danach rissen sie lachend ihre Fingernägel aus. Dann gingen sie. In der Nacht kamen weder Elifas noch sein Sohn zu meiner Schwester. Als der

Mond versank, weckte sie mich und bat mich, sie zu begleiten, um ihr Bedürfnis zu verrichten. Wir gingen weit, immer in Deckung, passierten das ganze Lager und die Beutehaufen, die von Fackeln erleuchtet wurden. Als wir den Lichtkreis verließen, gingen wir weiter zu der zerstörten Stadt, zum Haus unserer Eltern. Ein Strom kalter Luft zog durch die zerstörten Straßen, durch die Breschen der zerstörten Häuser. Meine Schwester kniete sich hin und zog ihr verschmutztes Kleid aus. So blieb sie, nackt. Im Haus unserer Eltern.

Der Gestank weckte uns. Und die Fliegen. Die Sonne stand schon über uns. Das Zeltlager der Söhne Israels stand da wie gewöhnlich, doch hatte sich eine große Gruppe von ihnen entfernt, offenbar zu einem weiteren Krieg. Wir gingen weiter, bis wir ein Haus sahen, das noch auf seinen Fundamenten stand. Eine Schlange Männer aller Arten stand dort, gespannt. Ein roter Schal hing über dem Fenster, das einmal Teil der Mauer gewesen war. Eine Frau um die vierzig, nackt und schön, trat aus dem Raum und umarmte meine Schwester. Willkommen, seid willkommen, sagte sie, bei den Überlebenden von Jericho.

(zum Gedenken an Omri Koren)

(Anm. d. Ü.: Omri Koren, ein naher Freund des Autors, wurde im Oktober 2000 getötet, als sie zusammen mit ihrer Truppe in Jericho waren. Die Geschichte entstand unmittelbar unter dem Eindruck der Ereignisse.)

Mein erster Krieg

Liebe Lora,

Ich schreibe dir jetzt aus dem Heiligen Land, hättest du das geglaubt, du dreckige Hündin? Ich bin in Israel. Wenn mein Vater heute noch leben würde, wäre er sicher froh für mich. Ich bin sein jüngster Sohn, der, von dem sie gesagt haben: »Er hat keine Chance in der Jeschiva, er soll nach Israel einwandern.« In zwei Wochen werde ich ein heldenhafter Soldat sein. Laut dem, was mir gesagt wurde, habe ich die Chance, zu den Fallschirmspringern zu kommen. Kannst du dir mich vorstellen, wie ich aus einem Flugzeug springe? Du verfettete Kuh, du sitzt jetzt bestimmt in Wisconsin und lachst über mich. Sagst, ich würde garantiert ein mieser Soldat. Ich verspreche dir, ich werde ein guter Soldat, und dann wirst du dich von deinem beschissenen Talmudjüngelchen scheiden lassen, der auf dir und auf dem verschissenen Geld deines Vaters reitet. Du ziehst sicher den Rock hoch wie eine Nutte, entblößt deine weißen Knie und machst die Beine breit, damit er dich reiten kann. Du siehst, es gibt einen Gott, denn er hat es noch nicht geschafft, dich zu schwängern. Das bloß so, es gibt keinen Gott, und du weißt das besser als ich. Wenn es einen Gott gäbe, wären wir noch zusammen, würden Hand in Hand in der Stadt spazieren gehen, vielleicht hätten wir schon geheiratet. Vielleicht hätten wir schon Kinder. Einstweilen bin ich hier in der Wüste, und du spreizt die Beine vor diesem Dreckskerl. Heute bin ich beim vorbereitenden Training in einem Kibbuz im Negev. Der Negev ist eine Wüste in Israel, und sie besteht nicht wie in den Märchen aus nichts als Sand und noch mal Sand. Sie ist sogar ziemlich felsig und kompakt, wie alles in diesem Land. Alles hier in dem Land ist ganz fest mit dem Boden verbunden. Ich arbeite hier von sechs Uhr morgens bis drei Uhr nachmittags (mit zwei Essenspausen) in der Palcha. Das ist der Name für die Felder hier in Israel. Und das war's, wie ich sagte, werde ich in zwei Monaten ein Fallschirmspringerheld sein, und dann wird mich meine Mutter vielleicht lieben, und du wirst dich von dem Scheißkerl scheiden lassen. Im Kibbuz habe ich eine Reihe Freunde, zum Teil Freiwillige, die aus der ganzen Welt kommen. Es gibt auch eine Blonde, die nur mich will. Sie träumt in der Nacht, und ich vögle sie. Zerlege ihr das Gestell. Rammle sie bis in die Eierstöcke. Mit ihr ist das nicht wie mit dir, nicht schön und zart, das Ganze ist Penis, Loch und feuchte Schmiere. Nicht wie mit dir, miese Schnalle. Du hattest überhaupt kein Problem damit, ihn zu heiraten und mich auch noch mit deinem netten Blick bei der Hochzeit anzuschauen. Wenn ich eine Waffe haben werde, werde ich ihn und dich umbringen. Wenn du leben willst, wirst du betteln müssen.

Lass uns mit seinem Blut anstoßen, zum Wohl.

Immer liebend,
Jack (Jakov) Weizenman 3. 5. 73

Ich grüße dich wieder, Scharmuta (das ist Nutte auf Arabisch). Ich bin's wieder, der Mann, den du liebst. Ich weiß, dass viel Zeit vergangen ist, seit ich dir geschrieben habe, aber es ging nicht. Du weißt, dass ich in der Rekrutenausbildung bin. Das ist der Teil, in dem man uns beibringt, wie man ein guter Fallschirmspringer wird. Ich lerne zu zielen und zu rennen. Ich hätte nie gedacht, dass ich einmal so gut in Form sein würde. Ich bin in hervorragender Form, und sie sagen, ich werde ein Mustersoldat.

Ich komme nicht viel zum Nachdenken, und wenn ich denke, denke ich an dich. Wie du ihm, während ich hier renne, seine Wäsche machst. Mit deinen so zarten Händchen wäschst du seine schweißverfaulten Kleider. Wie du in der modernen Küche stehst, die dein Vater ihm gekauft hat, und für ihn kochst, dein blondes Haar zum Zopf zusammengefasst. Wie alt bist du überhaupt? Hier in Israel ist es nicht üblich, jung zu heiraten (vielleicht wegen der Armee), das heißt, dass ich, wenn ich am Schabbat ausgehe (was noch nicht passiert ist), bumsen kann, wen ich will. Aber die Einzige, die ich gern bumsen würde, bist du. Du warst am schönsten, vollkommensten und vollendetsten. Ich habe immer nur dich geliebt. Du weißt, das letzte Mal, dass ich eine nächtliche Verunreinigung hatte, war wegen dir. Was hatte ich für Angst, dass mein Vater es entdeckte. Ich habe die Unterhose mit der getrockneten Samenkruste verbrannt. Hier in der Armee haben sie mir die Lust ausgetrieben, ich fühle mich manchmal wie ein alter Mann, nicht einmal einen Ständer bringe ich noch zusammen. Vielleicht ist das deswegen, weil sie uns die ganze Zeit anschreien, vielleicht, weil ich mich wie eine Null fühle. Offensichtlich ist es deswegen, weil ich kein weibliches Wesen gesehen habe, seit ich beim Militär bin.

Jedenfalls denke ich an den Tag, an dem wir uns zum ersten Mal küssten. Es war nach der Hochzeit von Zimmerman. Meine Mutter hat mich losgeschickt, um dich nach Hause zu begleiten. Du erinnerst dich, in jenen Monaten hatten alle vor diesem Vergewaltiger mit dem Messer Angst, der herumlief und jüdische religiöse Mädchen bevorzugte. Wie alt warst du? Sechzehn, siebzehn? Wir waren ein bisschen beschwipst von dem Wein, besser, wir denken nicht daran. Denken wir lieber an die Zukunft. Wie du ihn vergiftest und nach Israel einwanderst. Ich werde dich für drei Tage in die Wanne schicken. Da bleibst du sitzen. Um deinen schönen Körper von seinem Schweiß und seinem Samen zu reinigen. Dann ich. Ich werde deinen Kopf auf meinen Penis drücken, und du wirst mir einen blasen, bis ich dir in den Mund spritze, und du wirst das Ganze schlucken. Danach liebe ich dich wieder. Ich verspreche, ich werde dir ein Dutzend Babys bescheren und für alle sorgen. Wir werden eine glückliche Familie haben. Gut, ich muss Schluss machen. Ich möchte nur damit schließen, dass ich, während ich hier sitze und Sand und Staub fresse, nur an dich denke, mein Täubchen. Drecksnutte.

Immer dein, Jacki 2. 7.

Falls du fragen solltest, ich habe deinen Brief nicht erhalten, aber du fragst nicht. Du schickst mir einfach keine Briefe. Du versuchst, die ganze Affäre und den Blutfleck zu vergessen, der dein ganzes Leben beflecken wird. Ich werde alle ein, zwei Jahre einmal nach Hause zurückkommen und in der Synagoge was über dich flüstern, bis sich alle erinnern. Ich werde deine Söhne verfluchen. Deine Enkel werden noch Geschichten über dich hören. Dass du mich armen Tropf verarscht hast und ich ins Heilige Land vertrieben wurde, um dort Soldat zu werden. Sie dachten, wenn sie mich entfernen, würde damit auch die Schande entfernt. Um die Wahrheit zu sagen, ich finde an meinen Taten nichts Schändliches. Alles in allem waren auch Abraham und Sara Cousins, und auch sie hat kein Rabbiner nach jüdischem Religionsgesetz verheiratet, bevor sie anfingen, den Beischlaf auszuüben. Wo ist hier also die Schande? Ich will, dass du bekennst – schämst du dich wirklich für unsere Liebe, war ich etwa kein Liebesobjekt für dich? Ich war für dich eine Nutte. Ein Sexspielzeug. Einfach ein Penis plus ein warmer Samenstrom, den man in deine Scheide einführt und der dir dein fades Leben versüßt. Nach dem Kuss kam direkt das Vögeln. Du bist zu mir nach Hause gekommen, als du wusstest, dass meine Mutter nicht da ist. Mit der Ausrede, Zucker zu holen. Nachdem wir uns geküsst hatten, hast du dich auf dem Bett ausgezogen. Bist onanierend dagelegen. Wieso schämst du dich?, hast du mich gefragt. Nein, ich schämte mich nicht, ich habe mich schlicht gefürchtet. Es war beängstigend. Und du wirktest so verbunden mit deinem Körper. Dein goldenes Haar über die Laken gespannt. Man kann sagen, du hast mich vergewaltigt. Du hast mich ganz stark gepackt. Du wusstest immer, was du von mir willst, von allen, von Gott. Was soll ich dir sagen, ich liebe dich, und ich werde dich immer lieben.

Und dann, nach einem halben Jahr vorsichtigen Vögelns einmal in der Woche, kamst du mit einem unschuldigen Blick daher, als sie uns erwischten, während ich vor deinem hochgeschobenen Rock kniete, und hast geschrien, Hilfe, er vergewaltigt mich. Du verschissene Nutte, du weißt, welche Prügel ich von deinem Vater und deinen Brüdern bezogen habe. Sie haben mich nackt und erniedrigt mit Gürteln gepeitscht. Du hast mich sicher brüllen gehört, als sie mich an den Füßen aufhängten, eine ganze Nacht unter deinem Fenster gefesselt. Du hast es garantiert gehört. Daraufhin haben sie dich schnellstens verheiratet. Und ich wurde gezwungen wegzugehen. Ich hoffe, du schämst dich vor dir selber. Du bereust es besser. Du bist jetzt einfach irgendeine Hauskuh, und ich mache in einer Woche den Fallschirmspringerkurs. Ich werde noch schlechte und wertlose Menschen wie dich töten. Ich bin ein Held und du bloß eine wunderbare Beischlafidiotin. Ich hoffe, du krepierst, und zwar schnell.

P. S.
Ich habe wirklich nicht vor, dir noch mal zu schreiben.
10. 9. 73
Jakov

Stimmt, ich habe versprochen, nicht mehr zu schreiben, aber jetzt haben sie uns zum Bewachen der Grenze abgestellt und ich habe zuviel Zeit. Ich nutze sie, um Briefe an alle möglichen Leute zu schreiben. Begleiche Rechnungen. Ich habe an meine Mutter und an meine beiden kleinen Brüder geschrieben. Ich habe an Rabbiner Weiss geschrieben, der auf meine offenen Wunden spuckte. Wir sitzen auf der Golanhöhe, eine große Platte, die Israel vor sechs Jahren erobert hat. Das Felsgestein hier ist uralt und aus Vulkanausbrüchen entstanden. Die Erde hier ist rotschwarz. Gestern, als ich auf Posten stand, kamen zwei Wildschweine und blieben einen Meter weit weg von mir stehen. Am Anfang dachte ich, es seien Syrer, und bin furchtbar erschrocken. Du würdest nicht glauben, wie groß sie sind. Einfach riesig. Sie haben mich an die Frauenabteilung in unserer Synagoge erinnert. Ich wollte dir sagen, dass ich dir nicht mehr böse bin. Du bist alles in allem nur ein kleines, dummes Mädchen. Ich habe dir verziehen. Das war's, ich habe das meinige an diesem Versöhnungstag getan. Jetzt bist du an der Reihe. Ich möchte, dass auch du mir vergibst, und wir beenden die Sache.

Liebend wie ein Cousin. Jakov. 3. 10. 73

P. S.
Ich fühle mich jetzt rein und sauber, nachdem diese Affäre beendet ist. Ich fühle mich so lebendig. Alle Segenswünsche und ein gutes neues Jahr.

Ich transportiere eine Fischlieferung mit dem Mann, der meinen Vater tötete

Um ein Uhr nachts bin ich am Tor, und die Nacht ist kalt. Die Höhe der Berge schenkt der Luft Klarheit, und man sieht den Hermon über zwei Gipfeln. Manchmal, wenn er verschneit ist, kann man ihn in der Nacht leuchten sehen. Weiß, erhaben. Wir fahren ins Tal hinunter. Die zerklüfteten Naftaliberge, Vollmond. Ich brachte dir einmal einen Mondschiebekalender. Heute müsstest du wissen, dass er voll ist. In einem Teil der Siedlungen ist orangefarbenes, in einem Teil weißes Licht. Alles in Stoff gestickt, die stille Nacht. Die Berge in Position, Bäume am Horizont, und nur wir auf der leeren Straße. Fahren und schweigen.

Um zur Fischzucht zu gelangen, muss man an der Stelle vorbei, wo der Unfall war. Ich nehme an, dort war der letzte Blick meines Vaters. Ich habe viel nachzudenken versucht, was er gesehen hat. Die Eukalyptusbäume, das Papyrus-Restaurant an der Kreuzung? Die Fischteiche?

Die Lichter von Kiriat Schmona spiegeln sich im trüben Wasser. Ein erstaunter Pelikan erschrickt von dem Licht und gleitet durch die stille Nacht wie eine Fledermaus zu einem anderen Becken. Die Wellenschlag auslösenden Sauerstoffpumpen gluckern wie eine Quelle, doch sie sind elektrisch. Die Menschen, die mit mir zusammenarbeiten, wissen nichts von der Geschichte.

Wir erreichen den Lagerraum, Enrico, der mich absetzt, fährt weg, wieder schlafen. Zwischen den schwarzen Teichen sehe ich, wie sich die Scheinwerfer des Wagens ihren Weg bahnen. Er wollte eigentlich Schauspieler werden, sogar Nola Chelton hat einmal zu ihm gesagt, er sei begabt. Dreißig Jahre ist er im Kibbuz. Seine Frau hat ihn mit einem anderen Genossen betrogen. Man erwischte sie im Speisesaal. Ich trinke Kaffee, um die Müdigkeit zu bekämpfen, die noch ausbrechen wird. Man darf nicht einschlafen, die Fische können inzwischen sterben. Der arabische Wächter schaut sich den Kalender mit den barbusigen Mädchen an. Eine Biberratte taucht geräuschvoll ins Wasser. Ich sehe die Lichter des Lastwagens nicht, als er ankommt, hupt er. Ein Hupen in der Luft erschüttert Welten. Die Fische werden in den Tank gespült, und ich schließe ihn. Schlüpfe nass in die Fahrerkabine.

»Ich heiße Udi«, bemerkt der Fahrer. Er ist dicker, als ich dachte. Braun, gelocktes Haar. Die Kabine ist voller Zigarettenschachteln, Sonnenblumenkernschalen und Kaffeeflecken. Die unschlagbare Kombination der Nachtarbeit. Hinten auf der Matratze liegen eine Menge hingeworfener Papiere. Kalter Schweiß bedeckt meinen Körper, ich rauche, um nicht einzuschlafen. Das Radio knattert stark, und das Fenster ist bis zum Anschlag geöffnet. Udi will nicht schlafen. Es ist schon halb drei. Zweites Programm, »Die israelische Verbindung« heißt die Sendung. Diesmal konzentrieren sie sich auf den Jom-Kippur-Krieg. Es spricht ein Mensch, der in syrischer Gefangenschaft war. Er war Kaschrutaufseher. Er weint. Danach Werbung. Die Post bringt die Tintenlieferung direkt zum Drucker. Potenzklinik. Ich bin versucht, Udi zu fragen, ob er vor ungefähr eineinhalb Jahren an Impotenz litt.

Er erzählt mir von seinen Töchtern. Von der Bat-Mizwa, die er unlängst feierte. Ich schlafe nach der Amiad-Kreuzung ein und wache in Jokneam auf. Die Straße ist neu, und es gibt richtige Straßenbeleuchtung, endlich sehe ich noch jemanden außer uns. Ein anderer Lastwagen stößt fast mit uns zusammen. Der Fahrer ist jünger als ich, anscheinend hat er ein Nickerchen gemacht. Udi bemerkt, dass ich aufgewacht bin. Er schimpft mit dem Fahrer, der eingeschlafen ist, aber väterlich liebenswürdig. Er fängt an zu reden. »Es gab einen anderen Fahrer, den ich von der Kooperative her kenne, er hat Erdtransporte für eine Baustelle gemacht. Unterwegs, an einer Autobahnkreuzung, hat er eine geile Braut in einem kurzen Kleid gesehen, die Autostopp machte. Er hat sie natürlich mitgenommen. Wir nehmen immer Anhalterinnen mit, wenn wir allein sind. Das hilft, die Fahrt rumzubringen. Kurz gesagt, die Tussi sagt zu ihm, komm, wir fahren an ein stilles Plätzchen, auf einen Parkplatz oder so was. Ich lass dich mit mir machen, was du willst, unter einer Bedingung. Darauf sagte der Typ, der verheiratet ist, zu ihr, paletti, und fährt bei der Ausfahrt raus auf einen Parkplatz.

Bedingung ist, wenn du fertig bist, kommst du mit dem Mund und pustest mir in die Muschi. Also zieht der Junge sie aus und besorgt es ihr in alle drei Löcher, mästet sie mit Samen. Als er fertig ist, nimmt er den Luftschlauch und macht es ihr damit in der Möse.«

»Und ist sie gekommen?«

»Klar ist sie gekommen, siebenmal. Und am nächsten Tag

war sie wieder da.« Udi lachte für sich selber. »Was hast du da, Petrifische?«

»Karpfen.«

»Sei ein Freund, lass so um die zehn große im Behälter drin.«

Ich stimme zu in der Hoffnung auf Stille. Udi erklärt mir, dass die Geschichte mit der Anhalterin garantiert stimmt, denn dieser Fahrer ist ein guter Freund von ihm und habe ihn danach in der Kabine riechen lassen.

Um vier sind wir in Givat Olga, bei Hadera. Dort steht eine Reihe von Lastern, die am Straßenrand parken, die Fahrer trinken Kaffee. Sie sind fast immer alle dort. Besonders an Feiertagen. Die Schornsteine hören nicht auf, den Rauch auszustoßen. Ich kontrolliere die Fische. Sie schwimmen mit ihrer eigenen Gelassenheit zusammengepfercht im Tank. Der Kompressor arbeitet wütend. Wir fahren weiter, in einer Stunde müssten wir in Jerusalem sein. Ich schlafe wieder ein und wache in Tel Aviv auf, überprüfe nervös die Uhrzeit. Eine Menge Autos. Es hat einen Unfall gegeben. Ich habe wieder von meinem Vater geträumt. Diesmal hat er einfach ein Picknick mit uns im Jerusalemer Wald gemacht. Mit der Zeit sind die Träume weniger aggressiv geworden, genau wie die Trauer. Ich schlafe wieder ein, im Hintergrund spuckt das Radio mit aller Gewalt die ersten Morgennachrichten aus. Die Auffahrt nach Jerusalem, verrostete und zerfetzte Panzerteile zwischen Bäumen, die schon früher da waren, und Bäumen, die hier mit uns zusammen im Land gepflanzt und gezogen wurden. Ein Schild mit einem Vogel vom Jüdischen Nationalfonds, blau-grün. Das erste Licht über dem Kastell vor Jerusalem.

An den Sacharov-Gärten biegen wir rechts ab. Jenseits der Gedenksteine des Har hamenuchot, des Bergs der Ruhestätten, jenseits eines Minimarkts von Tod und Gefälligkeiten, im Nebel, befindet sich der Großmarkt. Völlig verdreckt. Verschmutzt von Grünzeug und Auswurf. Von den Speiseresten und den Armen. Beschmutzt von Menschen. Pflügend und stampfend auf der Asphaltstraße, mit Taubenmist auf dem Beton. Der Lastwagen fährt rückwärts hinein zu dem Bassin. Ich mache auf, um nachzuschauen, ob alle Fische in Ordnung sind. Der Kompressor arbeitet, und weißer Schaum füllt den Tank. Ich verstreiche den leichten Schaum mit den Händen und sehe ein bisschen Wasser. Zu viel Sauerstoff, die Fische strudeln unkontrolliert durcheinander. Ohne Kummer, ohne Schmerz. Ohne Furcht wirbeln sie herum. Sogar ohne Trauer über ihr kurzes Leben. Udi macht mir einen schwarzen Kaffee. Es kann noch nicht entladen werden. Man muss warten, bis Käufer eintreffen. Der Rabbiner muss auch noch die Überprüfung bei uns machen. Draußen am Geländer warten fünf verschiedene Bettler auf mich. Sie kennen mich schon und wissen, dass ich mich am Schluss immer erweichen lasse und ihnen Fische abgebe. Drei von ihnen sind aus dem Ostteil Jerusalems, und zwei sind Orthodoxe. Am meisten hasse ich, wenn sie so tun, als würden sie einem helfen. Die Vorstellung ist erbärmlich. Sie bringen mich nur dazu, noch mehr Mitleid mit ihnen zu haben.

Jizchak, der Verantwortliche hier, ist von der Arbeiterpartei, ein alter Mapainik, der Tee trinkt und ein blaues Arbeitshemd trägt. Die Müdigkeit ist erdrückend, ich versuche, ihn zu überreden, uns ausladen zu lassen, doch er bleibt stur, mit Geschrei, Dickschädel und rissiger Stimme. Udi schläft in der Kabine ein, den Sitz nach hinten gekippt, die nackten, schwieligen Füße auf das Lenkrad gelegt. Als ich ein Kind war, ging ich den ganzen Sommer barfuß in der Hoffnung, Hornhaut an den Fußsohlen zu entwickeln, damit ich überall barfuß gehen könnte. Ich hole mit einem Netz fünf Fische für den Rabbiner heraus, damit er überprüfen kann, ob sie koscher sind. Das ist seine Bestechung. Sein Bart ist weiß, seine Augen sind blau wie die Wolga. Seine Schürze ist schwarz und voller Fischschuppen und Blut. Mir tut schon die Lunge weh vom Rauchen. Die Augen der Bettler sind starr auf den Tank gerichtet. Ich fürchte einzuschlafen.

Nach zwei Stunden entladen wir. Völlig durchnässt, müde, schmutzig und hungrig steige ich in die Fahrerkabine.

Ein frischer Geruch nach Karpfen hüllt meine Haut ein. »Komm, wir fahren direkt durchs Jordantal«, sage ich zu Udi. Ich will zurück, möchte endlich schlafen. »Ich will nicht, die Strecke ist gefährlich, voller Terroristen dort.« Wir stehen in einem einzigen Stau, hin und wieder jaulen die Bremsen auf. Wieder das zweite Programm, diesmal kommentiert Uri Dan.

Ich habe nicht gewusst, dass es so viele Menschen gibt. Ich rufe an, um dir guten Morgen zu sagen, mein schönes Mädchen.

Eine gewisse Art von Panther

Zwei Jahre wohnten wir im Kibbuz. Das war, als du beschlossen hattest, dass du eine Geschwulst im Bauch hast, und das war's, du würdest sterben. Du wolltest unbedingt im Kibbuz begraben werden. Vor allem wolltest du kein jüdisches Begräbnis. Du wolltest einen schönen, stillen Platz mit schöner Landschaft zwischen Zypressen und Kiefern. Dort wolltest du sterben, und ich und die Kinder wanderten mit dir auf den Spuren deines jungen Herzens. Du warst jung damals, erst fünfunddreißig. Du sagtest, dass du für dein Sterbelager zur Landschaft deiner Geburt zurückkehren wolltest. Im Kibbuz wäre es auch möglich für dich, nicht zu arbeiten, ohne dass es unseren Lebensstandard beeinträchtigen würde. Ich würde in Ruhe arbeiten können, ohne den ganzen Stress. Und in den Nächten bei Lampenlicht malen. Endlich dein Porträt malen. Also zogen wir in den Kibbuz deiner Mutter. Die am eigenen Leib drei Pogrome und zwei Weltkriege durchlebt hatte und immer noch lebte, noch immer in ihrem eigenen Rhythmus und ihrem kompromisslosen Glauben an den Kibbuz. Ihr Haar war weiß, voll und stark.

Die Leiterin für die Arbeitsorganisation teilte mich zu den Plantagen ein, und ich wurde der Mannschaft angegliedert (ich erhielt sogar eine Baumschere mit einem Etui aus Leder). Ich empfand es als richtig nett. Ich hatte einen Cowboyhut und ein kleines Transistorradio, mit dem ich von fünf Uhr morgens bis halb drei Nachrichten hörte. Danach holte ich die Kinder und ging mit ihnen im Kibbuz spazieren. Sagte zu allen Schalom, zu Noa vom Laden, zu Avner von der Plantage, der fünfzehn Stunden am Tag arbeitete, zu Chilik, einem Kibbuzmitglied, das neoorthodox geworden war und, zum Leidwesen der Alten, beschlossen hatte, weiter im Kibbuz zu leben. Der Kreis deiner Mutter, in dem die meisten noch gebrandmarkt und geschlagen von Arbeit und Kriegen waren, schleppte sich an der Oberfläche der Wirklichkeit mühsam über die Pfade, nur kraft des Trägheitsgesetzes des Sozialismus krochen sie noch. Ließen sich mit einem jüdischen Seufzer auf ihrem Stammplatz im Speisesaal nieder.

Nachdem die Kinder im Speisesaal gegessen hatten und gewaschen waren, legte ich dich und sie in der kleinen Wohnung schlafen, die das Aufnahmekomitee uns zugeteilt hatte. Dann ging ich malen. Allein draußen auf der Terrasse. Während Fliegen und Mücken die Lampe umschwirrten. Die Staffelei stand auf drei Beinen, und ich versuchte ein Porträt deines schönen Gesichts zu malen. Deine bläuliche Haut, von kastanienbraunem Haar gesäumt. Die türkisen Augen, bei denen ich einen ganzen Monat brauchte, um zu ihrer exakten Nuancierung vorzudringen, und ich musste mich doch beeilen. Du hattest mir versichert, dass dein Tod nahe war.

Langsam und allmählich hast du dann beschlossen, zu genesen und zu lachen, in der Frühlingszeit. Ich wurde zunehmend kräftiger, und du wurdest gesünder und gingst wieder herum. Am Anfang im Haus, und danach wolltest du, dass ich am Abend Spaziergänge mit dir machte. Ich nahm dich mit in den Kibbuzklub, und du plaudertest mit den Greisen. Bevor wir einschliefen, erklärtest du mir immer die Geschichten und die Figuren. Joram war einmal nackt um den Kibbuz herumgelaufen wegen einer Wette in der Plantage. Diese zwei hatte man vögelnd im Kleiderlager erwischt, wobei sie wiederum Chaims Frau war. Je gesünder du wurdest, desto mehr kehrte dein klingendes Lachen zurück. Du entzogst dich mir immer noch mit Grausamkeit. Nachdem du eingeschlafen warst, ging ich auf die Toilette und onanierte mit den jungen Freiwilligen vor Augen. Dann ging ich auf die Terrasse und malte an dem Bild weiter. Träumte überhaupt nicht, schlief nur. Es war ein bisschen merkwürdig für mich, dass du nie deine Mutter besuchtest (ich bin nicht einmal sicher, ob sie wusste, dass wir im Kibbuz sind). Die Äpfel wuchsen aus den Blüten zu kleinen harten Früchten heran, die wir in der Plantage ausdünnten. Die Blüten fielen ab und verschwanden auf dem Erdboden. Unsere Spaziergänge wurden ausgedehnter. Bis du eines Nachts, als wir die Allee neben dem Wohnquartier der Alteingesessenen passierten, neben einer halb menschengroßen Skulptur stehen bliebst. Die Skulptur, die bar jeglichen echten Werts war, bestand aus dem Abbild einer Frau am Anfang ihrer geschlechtlichen Reife (man sah es an den knospenden Brüsten), gehalten von einem gewaltig wurzelnden Baum. Der Baum drang in sie ein. Es gab einen Mund auf der Seite, der halb schreiend weinte, halb zu einem Lächeln gedehnt war. Du sagtest zu mir, sie lassen seine Skulpturen immer noch stehen. Dann bist du aufgesprungen und geflohen, zu unserem Zimmer galoppiert. Dort erwartete mich wildes Vögeln, gemischt mit Wut, Tränen und Beißen. Du hast gemurmelt: Scheißkerl, was hast du gemacht. Du Scheißkerl. Sie sind alle Scheißer. Sogar deine Skulpturen haben sie gelassen … Ich versuchte bloß, dir zu erklären, dass ich kein Bildhauer sei, sogar nur mit Mühe ein Maler. Auch diesmal hörtest du mir nicht zu. Und du bist immer mehr erloschen, wie ein Geist. Seitdem hast du nicht mehr mit mir geschlafen, und du schliefst nicht. Dein Porträt malte ich auch nach dir weiter. Zeit des Fallobsts. Ein fauliger Geruch stieg in der Obstplantage auf. Du wurdest im Kibbuz begraben, dort, wo du wolltest, und ich ging Ende des Winters fort, schleppte zwei Kinder, ein unfertiges Bild und eine große Dummheit mit mir. Wieder blühten die Apfelbäume in dem Weiß, das ich verlassen hatte.

Ein Taubenpärchen gurrt über der Klagemauer

Vor einem Jahr bekam ich diese Arbeit, das war, nachdem ich meinen Magister in Kulturwissenschaft abgeschlossen hatte. Ich wusste nicht, was ich mit mir anfangen sollte. In der Heiligen Stadt bleiben, oder vielleicht an einen anderen Ort gehen. Ich war damals sechsundzwanzigeinhalb. Ich wohnte in Rechavia, im Deutschenviertel Jerusalems, in einem Haus, das meine Großmutter meiner Mutter vererbt hatte. Ich suchte nach irgendeiner Arbeit, bloß um die Zeit herumzubringen. Richtiger gesagt, ich machte das, um für mich selbst eine Rechtfertigung zu finden, in dieser Stadt in dieser Welt zu wohnen. Nachts ging ich mit Rex, meinem Hund, zu Spaziergängen hinaus. Wartete darauf, die Nacht zu sehen, ohne in sie einzutreten. Ohne sie zu kennen und in ihrem Schatten zu liegen.

Ich war eine sechsundzwanzigjährige Jungfrau. Es war nicht so, dass ich hässlich gewesen wäre. Alles in allem sah ich ganz passabel aus, schwarzes Haar, glatte, weiße Haut und grüne Augen. Meine Eltern verstanden mich nicht wirklich. Wie ich eine atheistische Religiöse bleiben konnte. Zusammengebundenes Haar und ein Jeansrock, in einer Stadt, in der Abraham seinen Sohn opferte. Engel tanzten vor Gott, und Terroristen und Soldaten versuchten, für die Heimat zu sterben. Ich war völlig allein geblieben. Meine zwei kleinen Schwestern waren schon verheiratet und hatten süße kleine Kinder. Ich schritt allein voran.

Ich erinnere mich an meine erste Begegnung mit ihm, ich machte mir fast in die Hosen. Es war das erste Mal, dass ich bei einem Vorstellungstermin war. Er war sechzig. Sein Haar war noch schwärzer als schwarz und voll, mit einer tiefhängenden Tolle. Eine Sonnenbrille verbarg seine Augen. Er saß an einem schweren, großen Holztisch in seinem Arbeitszimmer. Um ihn herum Regale, vollgepackt mit Büchern jeder Art. Religiöse Klassiker, moderne Literatur, es gab sogar ein besonderes Regal für Sexbücher. Als spürte er meinen Blick auf den Büchern, teilte er mir mit: »Mein Sohn liest mir jeden Tag ein Kapitel aus einem Buch vor, seit er lesen gelernt hat. Ihre Aufgabe, natürlich falls Sie einverstanden sind, sie zu übernehmen, wird es sein, mich jeden Tag genau mittags in den öffentlichen Park zu bringen, dort kann ich nachdenken.«

Seinen Sohn Evel traf ich ungefähr zwei Monate, nachdem ich die Arbeit angefangen hatte. Wir fuhren mit dem Achtzehner Bus vom Herodespark unterhalb des König-David-Hotels zurück, wo er länger als gewöhnlich sitzen bleiben wollte. »Welche Fahne weht heute auf dem Dach der schottischen Kirche? Sind neue Tote zu dem Tamtam auf dem Berg Zion dazugekommen?«, fragte er leise und nicht, um eine Antwort zu erhalten. Wir hatten den Park verlassen, nachdem der Ausflug einer Schule für geistig Behinderte dort ankam und anfing, uns zu lästig zu werden. Der Achtzehner war voller Volk. Zwei Kinder standen uns zu Ehren auf. Sie hatten Erbarmen mit dem blinden Alten. Sie erwiesen ihm nicht dafür die Ehre, dass er ein so wichtiger, großer und gewaltiger Dichter war. Er war keiner von denen, die im Fernsehen auftreten. Ich liebte die Art, wie er meine Hand ergriff. Es hatte etwas Väterliches und Erotisches. Als wir nach Hause kamen, ging ich auf die Toilette, um den Tampon zu wechseln. Als ich zurückkam, sah ich seinen Sohn. Er war schön und jung und stark. Ungefähr zwei Jahre jünger als ich. Er hatte das Haar seines Vaters. Beide hatten die gleiche fremde Artikulation, überstürzt, leicht phrasenhaft, ein wenig blödsinnig und etwas überernst.

Wäre sein Vater nicht blind gewesen, Träger einer Sonnenbrille, die seine Augen ganz verdeckte, wäre es mir sehr schwergefallen, sie auseinanderzuhalten. Es schien, als seien die beiden von Alterslosigkeit eingehüllt, in der Ummantelung einer Fledermaus.

Als ich nach Hause kam, nachdem ich mit ihnen gegessen hatte, onanierte ich in der Dusche, rieb den glühenden Strahl ins Innere der Scheide, spürte das Wasser sprudeln, mir das Loch spülen. Ich dachte an beide, an ihre so starken Hände. An den Sohn, der dem Vater den Weg zu meiner Scham wies.

Am nächsten Tag brachte ich ihn zur Heleni-Hamalka-Straße. Wir traten in den Hof des Sergei-Hauses. Der Vater griff mit seiner großen Hand nach meiner Schulter, um sich zu vergewissern, dass ich ihn hörte. »Hörst du die Tauben auf den Kuppeln flattern und landen? Ihr Lärm ist stärker als die Autos und die Menschen und diese Anschläge dort.«

Evel lud mich ein, an meinem freien Tag in irgendeiner Bar von Amerikanern beim Migrasch harussim ein Bier zu trinken. Ich trank eine Menge und schwitzte wie ein

Schwein. Ich war betrunken, konnte kaum mehr gehen. Evel stand auf, um mir zu helfen, nachdem ich mich in meinem Rock verhedderte und hinfiel. Er nahm meine Hand in der Rauchwolke und brachte mich zur Toilette, stützte mich mit dem Oberarm und hinderte mich am Umfallen. Er öffnete mir die Tür, sein Mund nahe an meinem, Atem an Atem, und ging mit mir hinein. Um ehrlich zu sein, ich war viel zu betrunken, um mich wirklich an das zu erinnern, was passierte. Ich erinnere mich an Enge und an die Tür, die sich hinter uns schloss. Ich erinnere mich, dass ich die Unterhose herunterzog, um zu pinkeln, und an seine Hand, die sich zwischen meine Schenkel vorschob, und an nicht abgewischten Urin. Ich erinnere mich, dass ich ihn bat, nicht. Ich schrie um Hilfe, hämmerte an die Tür, und er trat hinter mich, streichelte meinen Hintern und spaltete ihn. Ich erinnere mich, dass es wehtat und ich weinte, stoßweise im Takt seines Keuchens. Er streichelte mein Haar, ordnete die Rockfalten und setzte mich auf die Kloschüssel. Dann rannte er schnell hinaus. Ich fühlte mich schwer vom Bier, und es brannte. Blut verbrannte auf meinen Schenkeln. Ich erinnere mich, dass der Barmann hereinkam, mit langem, zusammengebundenem Haar und vernarbtem Gesicht, und die Polizei rief.

Ich erinnere mich an die Untersuchung bei Neonlicht. Sie erzählten mir begeistert, dass sie diesen Evel in seiner Wohnung gefasst hatten. Er tat so, als wisse er nicht, wovon sie sprachen. Behauptete, er sei still zu Hause gesessen und habe sich allein einen Videofilm angesehen. Sie lachten ihn aus und verpassten ihm unterwegs Prügel. Sie hassten Vergewaltiger. Alle hassen sie.

In den Nächten danach fühlte ich mich merkwürdig. Ich ging natürlich nicht zur Arbeit. Ich rief den Vater an und sagte ihm, dass ich nicht wiederkäme. Am Anfang saß ich bloß immer zu Hause herum, wartete, dass die Offizierin für die Opfer sexueller Gewalt mich auf dem Laufenden hielt. Sie rief einmal am Tag an, genau um fünf, und fragte mich interesselos: »Wie steht's, Schätzchen?« Erzählte mir immer, dass Evel noch im Gefängnis sei (bis Prozessende in Haft). Der Abend strich dahin, dehnte sich aus. Man hatte mir dort gelbe Pillen in einer silbernen Verpackung gegeben. Es war nicht Valium, sie hatten einen anderen Namen, so was wie Dexidol. Die Pillen schläferten mich nicht ein, sie machten mich einfach benommen. Betäubt sah ich in der Stadt auf die Masse, auf die Straßen. Normalerweise glotzte ich einfach still in den Fernseher. So saß ich da, in Unterhosen, vor dem offenen Fenster und dieser Stadt. Die Wahrheit ist, dass ich ihn auch liebte. Ich wollte nur, dass er zu mir zurückkam. So schlief ich zuletzt immer beraubt vor dem Bildschirm ein. An einem dieser langgezogenen Vormittage stand ein kleiner brauner Falke an meinem Fenster. Autohupen von der Straße unten verjagte ihn.

Eines Nachts, nachdem ich eingeschlafen war, spürte ich plötzlich, dass mich jemand fest packte. Es war er, ich erkannte ihn sofort am Geruch seines Aftershave. Er sah unrasiert aus, seine Augen waren blauer, als ich in Erinnerung hatte. Ich denke, ich hatte seine Augen nur einmal dermaßen blau gesehen, das war bei der Begegnung, bei der er sich mir gegenüber als Schuft benommen hatte. Mir scheint, seine Augen sind blauer, wenn er geil ist.

»Zieh dich aus!«, befahl er mir.

»Du pflegst dich nicht, dusch dich öfter!«, sagte er, nachdem er mir einen Finger hineingesteckt und daran gerochen hatte. »Meine Nutte muss sauber und froh sein, mich zu sehen.«

Während er das Seine tat, sah ich fern. Als er damit fertig war und hinausging, rief ich beim Polizeipräsidium am Migrasch harussim an. Evel war noch dort in der Zelle, in Handschellen. Der alte Dichter trat aus der Dusche, ein Handtuch um seine Lenden. Nie habe ich ein blöderes Grinsen gesehen als jenes, das sein Gesicht zierte. Sein gut gebauter Körper schlug mich mit Blindheit.